翁志飞实临解析礼器碑

翁志飞 编著

浙江人民美术出版社

《礼器碑》实临解析

翁志飞

关于汉代的隶书

汉代无论其国家制度还是文书体例都以承袭秦朝为主。书法亦是如此，许慎《说文解字·序》称：『尉律：学僮十七已上始试，讽籒书九千字，乃得为吏。又以八体试之，郡移太史并课，最者以为尚书史。书或不正，辄举劾之。』所谓八体即：『自尔秦书有八体：一曰大篆，二曰小篆，三曰刻符，四曰虫书，五曰摹印，六曰署书，七曰殳书，八曰隶书。』陈梦家《汉简缀述》总结为四种，其云：『在汉代，实用的字体和不用以书写而用以为研习的经本的字体，主要的共有四种：一是篆书，继承秦代用于刻石、刻符的金石文字。用于高级的官文书和重要仪典的书写，如天子策命诸侯王，如武威磨咀子其它墓出土的柩铭，如官铸铜器上的铭刻，如汉碑题额，以及《说文解字》大部分的正文。二是隶书，继承秦代权量上的文字，篆书结体圆浑而繁复，隶书结体方折而简易。用于中级的官文书和一般经籍的书写，如天子尺一诏书，如武威简本《仪礼》和王杖十简，如熹平石经。三是草书，即解散了形体更为省易较为潦草的字体。用于低级的官文书和一般奏牍草稿，如永元器物簿以及敦煌、居延所出汉简之草率者；磨咀子第六号墓的日忌、杂占诸简，亦近乎草。以上三体，虽都在汉世通行，而以隶书为主，所以凡用隶写的叫作今文。四是古文，乃指汉世已经不通用的六国文字。秦并六国后，统一了文字，六国文字乃被废绝。因此，汉世凡所谓「壁中书」或「古文先秦旧书」，都指六国时经生儒士所钞写、诵习或著作的写本旧书，其字体近于长沙、信阳出土战国楚简。』秦时隶书还未成熟，至其成熟要到汉武帝时。由于隶书的广泛应用，篆书逐渐淡出实用的层面。其价值，朱德熙在《秦始皇『书同文字』的历史作用》中说：『从汉字发展的历史看，隶书的出现是一个重要的转折点。从商代的甲骨文字一直到秦代的小篆，尽管当中经历了许多变化，但总的说来，仍是一脉相承的，属于古文字的范畴。……隶书和古汉字的根本区别首先是全面地符号化，即完全抛开了古汉字的象形因素，使文字变成抽象的记号；其次是笔画化，即把字形分解为若干基本笔画的积累。此外，从结构上说，隶书字形趋于简约，不象古汉字那样繁复。从实用的观点看，隶书便于学习，也便于书写，比起古汉字来有很大的优越性。』郭沫若也说：『秦始皇改革文字的更大功绩，是在采用了隶书。』历史上将这种文字上的变化称为隶变。

隶变无论是对文字发展抑或是对书法发展而言都是极为关键的。从文字发展而言，隶变使文字象形的意味大大减弱，点画符号化，加之结构的简化，使书写更为快捷，适应了社会政治经济快速发展的需要。从书法发展而言：一、结构上很多字变纵势为横势，使体势的变化比以前更为丰富。二、点画的符号化，易方为圆。如卫恒《四体书势》云：『或曰下杜人程邈为衙吏，得罪始皇，幽系云阳十年，从狱中改大篆，少者增益，多者损减，方者使圆，圆者使方。』这使书写的连贯性和节奏性得到极大提升，为书法的抒情功能提供了技法前提。三、体势的变化引发了笔势的变化，用笔的方向更为多变，提按使转更为随意明快。四、用笔上更为丰富多变，特别是『蚕头燕尾』。『蚕头』是在快速书写过程当中，顶锋（或逆锋）落笔产生的一种自然的效果，这也就是后来所谓的藏锋，古人最初并不是刻意为之的。如郭店楚墓竹简、云梦睡虎地秦简、马王堆汉帛书就不明显。『燕尾』的技法似要到汉武帝时才成熟，『燕尾』是在『蚕头』逆锋的笔势下，顺势带出的，与八卦图形中间那条线相同，也顺应了书写的生理特性。

隶书产生于战国（古隶），成熟于西汉（隶书），至东汉成为官方书体——铭石之书（八分），不同的时期称谓也不同。『八分』最早出现于汉末，《古文苑》记载魏闻人牟准《魏敬侯卫觊碑阴文》云：『……《魏大飨碑》《群臣上尊号奏》及《受禅石表》文，并在许繁昌；《尊号奏》钟元常书，《受禅表》觊，并金针八分书也。』此时隶书已逐渐楷化为一种新隶体，如《谷朗碑》等。为了与以前的正规书体隶书相区别，将之称为八分。关于隶书（八分）的整理者，晋卫恒《四体书势》云：『隶书者，篆之捷也，上谷王次仲始作楷法。』这里的楷法指法则。关于王次仲其人，《水经·谷水注》云：『魏上谷郡治，……郡人王次仲，少有异志，年及弱冠，变苍颉旧文为今隶书。秦始皇时，官务烦多，以次仲所易文简，便于事要，奇而召之，三征而辄不至。次仲履真怀道，穷数术之美。始皇怒其不恭，令槛车送之。次仲首发于道，化为大鸟，出在车外，翻飞而去，落二翮于斯山，故其峰峦有大翮、小翮之名矣。』他的具体生活年代不能确定，刘宋羊欣认为是后汉人，王愔认为是汉章帝建初中人，南齐萧子良认为是汉灵帝时人，唐张怀瓘认为是秦时人，

图一

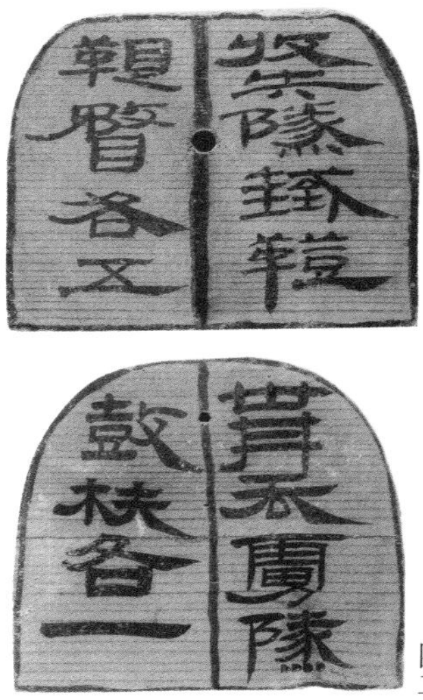

图二

唐唐玄度认为是汉章帝时人，莫衷一是。就现存的简牍实物来考查，笔者以为为西汉中晚期人较为妥帖。因为汉初简牍隶书已很成熟，至东汉简牍基本已被章草所覆盖。

关于隶书的产生对于书法的意义，前面已提到几点。这里要特别指出的是『蚕头燕尾』，以前人多认为这是文字的美饰作用，其实这只是其演变结果的一种体现。初时，由篆而隶，笔势发生了重大的变化，一改篆书行笔顺畅的纵势而为逆入平出的横势。横笔与方折笔画的增多，书写的快捷，使点画与点画之间的笔意更为连贯，上下笔在衔接过程中自然会有顿挫，上笔的顺势必然会以一个逆势为停顿，再调整而为顺势，『蚕头』无意中形成。（以上指简牍中的隶书）至于汉碑隶书中的『蚕头燕尾』，由于经过了文字的美饰，人们不易通过其外在的表象而内窥其笔势之理。因为隶书的全面符号化，书者对文字之美有了新的取向，这就是以笔势为主导的刷掠之美。正如汉蔡邕《隶势》所云：『鸟迹之变，乃惟佐隶。蠲彼繁文，崇此简易。……奂若星陈，郁若云布。……修短相副，异体同势。……纤波浓点，错落其间。若钟簴设张，庭燎飞烟。……似崇台重宇，增云冠山。远而望之，若飞龙在天；近而察之，心乱目眩。』这些都为行草的产生和书法的艺术化埋下了伏笔。

汉初的隶书形态主要是古隶，从秦隶沿袭而来。现存的秦隶主要有湖北云梦睡虎地和湖南龙山里耶镇古井秦简。西汉古隶主要有长沙马王堆、湖北江陵张家山、山东临沂银雀山汉简。其共同特点是：一、点画减省，趋于符号化；二、结体修长，与小篆相近；三、用笔保留了小篆的写法，横势增多，使转提按明显，体现出一种轻松自然的节律。

隶书用笔至西汉武帝时完全脱离了篆书用笔，出现所谓的『蚕头燕尾』，如居延汉简（图一、二）、敦煌汉简等。汉人的书写材料主要有竹木简牍、绢帛、纸等，其中应用最多的还是竹木简牍。单独一片竹木称简（或牒），许多简编连在一起称策（通『册』）；单独一片木片称版（或称札）。正方形的版称作方，一尺长的版称牍。公文、信札多用版牍，便于捆扎封检。制简之法，先将竹子锯成一段段的竹筒，再剖成竹片，打磨光滑，即成简。然后放在火上烤干，在烤制过程中，竹片上有水滴或水汽冒出，称为汗青，也称为『杀青』『汗简』。汗青又特指史册，如宋文天祥《过零丁洋》中『人生自古谁无死，留取丹心照汗青』一句，即此意也。简长一般在23—27厘米，因汉人多用兔毫，所用笔较

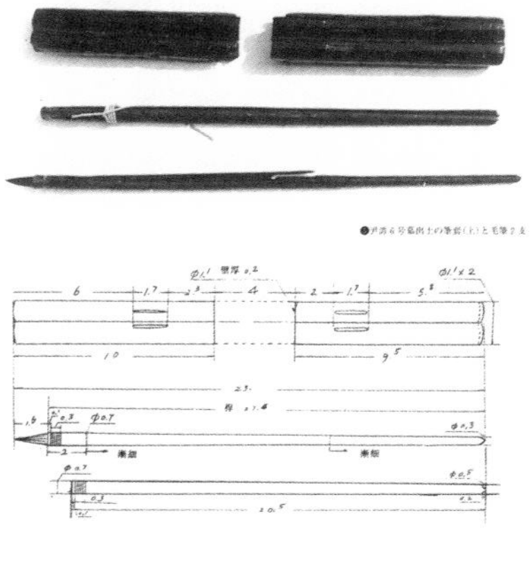

图三

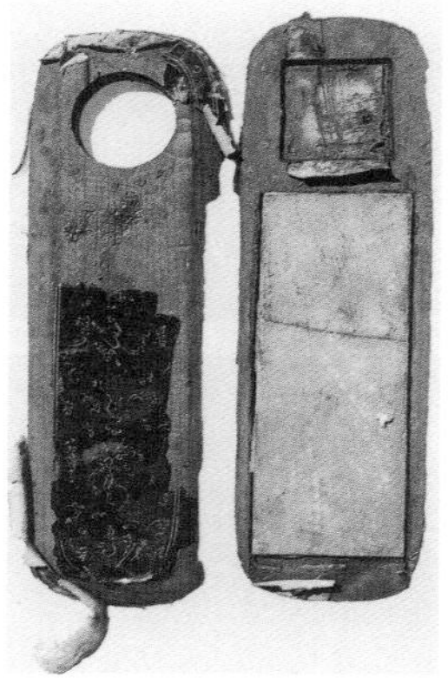

图四

图五

图六

细。在连云港尹湾汉墓中出土的一支笔，直径只有0.7厘米，其尾只有0.3厘米。（图三、四）之所以一头粗一头细，是因为古人有簪笔的习俗，即在笔不用时将其插入发际，因此尾要稍细，以便于插入。1972年甘肃武威磨咀子汉墓出土了一支『白马作』毛笔，笔杆竹制，前端扎丝线并髹漆，杆尾削尖，以便于簪戴。笔头为兔毫，『白马』当为笔工名，体现了当时物勒工名的手工业管理制度。笔长21.9厘米，约合汉尺一尺，杆径0.6厘米，笔头长1.6厘米，与王充《论衡》中所谓『一尺之笔』相合。（图五）同时还出土了笔杆与笔头残段，清晰地体现了汉人的制笔工艺。（图六）汉人的书写姿势为席地据几，一手执简牍，一手单钩或五指共执，斜执笔悬腕书写，如东汉孝堂山郭氏墓石祠画像石（图七）。这种执笔急书，因简窄，其实用笔的动作很小，主要用笔尖，取其横掠之势。至于『蚕头』即为一个横掠之势结束后转到下一个横掠时的自然顿笔；至于『燕尾』则是在横掠过程中由运腕的自然使转产生『～』形弧度，是由用笔的远近自然产生的一个提按过程。所以，『蚕头燕尾』是古人在书写过程中自然产生的，经过后人修饰归纳而固

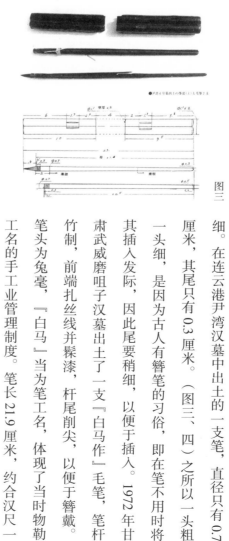

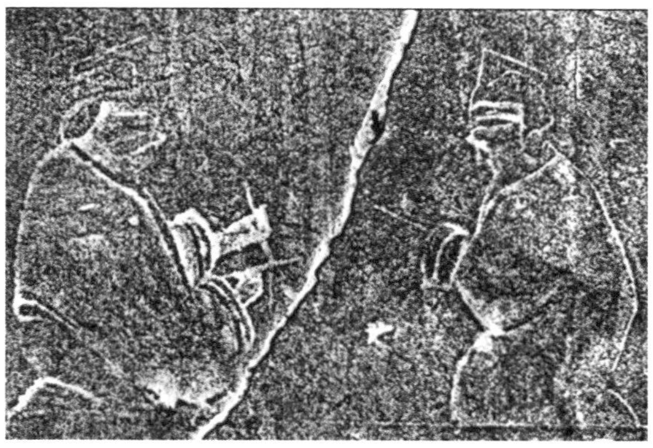
图七

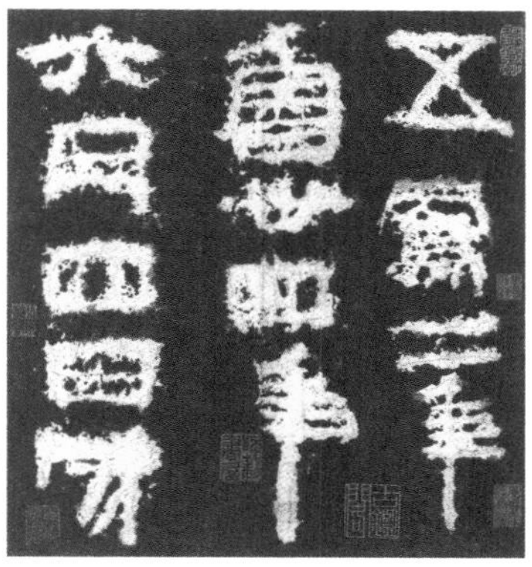
图八

定下来。至于长撇、折笔，也多以使转为之，灵活而多变。所以，汉人简牍书法由于字形小巧，用笔舒展灵动、不拘一格，显得质朴而率真。

到东汉，隶书主要体现在摩崖碑刻上。西汉碑刻稀少，其代表作为《五凤刻石》（图八）。至于原因，南宋陈槱《负暄野录》云：『《集古目录》并《金石录》所载，自秦碑之后，凡称汉碑者，悉是后汉。其前汉二百年中，并无名碑，但有金石刻铭识数处耳。欧阳公《集古目录》不载其说，第于《答刘原父书》尝及之。赵明诚云：「西汉文字世不多有，不知何为希罕如此，略不可晓。」然《金石录》却载有阳朔砖数字，故云希罕，言不多，非无也。余尝闻之尤梁溪先生袤云：「西汉碑，自昔好古者固尝旁采博访，片简只字，搜括无遗，竟不之见。如阳朔砖，要亦非真，非一代不立碑刻，闻是新莽恶称汉德，凡所在有石刻，皆令仆而磨之，仍严其禁，不容略留。至于秦碑，乃更加营护，遂得不毁，故至今尚有存者。」梁溪此言，盖有所援据，惜不曾再叩之。』这些都还缺少实证，有待今后的考古发现。

汉人重孝廉，厚葬之风盛行，碑文摩崖多记为官功德，所以实物遗存也较多，后人习惯将东汉碑刻称为『汉碑』。碑一般由碑座、碑身、碑额三部分组成。碑额多用小篆，先将碑面打磨光滑，划上界格，再请善书者书丹，然后由工匠刊刻完成。因为隶书完全摆脱了篆书象形的意味，无论是用笔还是结体，都要比篆书来得自由和丰富，同时也增加了书写的难度。也正因为如此，书家可根据自己的性情，自由发挥，致使汉碑风格多样，异彩纷呈。如清杨宾《大瓢偶笔》云：『朱竹垞检讨曰：「汉隶凡三种：一种方正，《尹宙》《鲁峻》《武荣》《郑固》《衡方》《刘熊》《白石神君》诸碑是也。一种流丽，《韩敕》《曹全》《史晨》《乙瑛》《张表》诸碑是也。一种奇古，《夏承》《戚伯著》是也。《鸿都石经》则兼三者而有之，益悟中郎之妙。」余谓中郎碑，奇古中兼流丽，不兼方整。况《尹宙》又岂方整者乎？』摩崖刻石则主要刻在山崖石壁上，崖面只稍加处理，由于是山崖石壁，突破了碑的局限，点画显得圆浑肆意，具茂密朴实之气。代表作有《石门颂》《西狭颂》《郙阁颂》《开通褒斜道刻石》等等。汉代碑刻，以其风格多样，结构严谨，用笔丰富，气息纯正，一直以来被奉为隶书典范，为学习隶书之首选。

关于《礼器碑》

《礼器碑》全称《鲁相韩敕造孔庙礼器碑》，又简称为《韩敕碑》。东汉永寿二年（156）霜月立。隶书无额，碑阳十六行，行三十六字。碑阴三列，各十七行。左侧三列，各四行；右侧四列，各四行。碑文记韩敕修孔庙、制礼器之事，杂用谶纬，不可尽通。现存山东曲阜孔庙。（图九至十三）

图九

图十

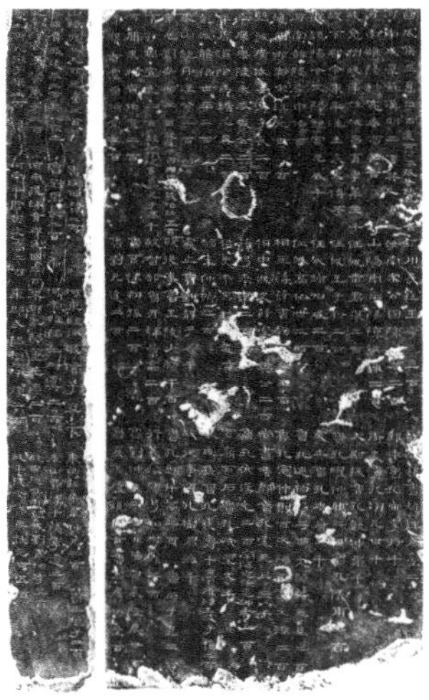
图十一

《礼器碑》为汉碑极品，历来备受推崇。明郭宗昌《金石史》云：『其字画之妙，非笔非手，古雅无前，若得之神功，弗由人造，所谓「星流电转，纤逾植发」，尚未足形容也。汉诸碑结体命意皆可仿佛，独此碑如河汉，可望不可即也。』清王澍更是推崇备至，其《虚舟题跋补原》云：『三碑，《乙瑛》雄古，《韩敕》变化，《史晨》严谨，皆汉隶极则。学汉隶者，须始《史晨》以正其趋，中之《乙瑛》以究其大，极之《韩敕》以尽其变。隶而至于《韩敕》，锐如削铁，瘦若绾针，有前一笔，不知后笔如何下落；有上一字，不知下字如何结构。自有书法以来，变化之妙，无有及者。唯钟太傅《贺捷表》为略得其意。然不始

图十二

图十三

于《史晨》，扩以《乙瑛》，莫有能测其津涯者。余故特举此三碑，为书家楷则。』又云：『汉人作字，皆有生趣，此碑意在有无之间，趣出法象之外，有整齐处，有不整齐处。……隶法以汉为极，每碑各出一奇，莫有同者，而此碑尤为奇绝，瘦劲如铁，变化若龙，一字一奇，不可端倪。郭引伯称此碑字画之妙，非笔非手，古雅无前，若得之神助，弗繇人造，所谓「星流电转，纤逾植发」尚未足形容也。吾向以褚河南书疏瘦劲炼，如铁线绾成，究其本根，实原于此。……此碑上承斯、喜，下启钟、王，无法不备，而不可名一法；无妙不臻，而莫能穷众妙。后此唯钟太尉《贺捷表》、王右军《兰亭》、杨义和《黄庭内景经》为能得其不传之妙。欧、虞以后，各得一体，而未届精华。褚河南虽极意摹拟，然具体而微，毕竟一间未达。褚河南《雁塔圣教序》全法此碑，竟至形神毕肖，然犹觉摹拟有迹，唯颖上《黄庭》《兰亭》，乃为入神。观其形貌，无一笔似者，而神而明之，独见天则。此所谓自成清净法身者欤！临古至此，方入神解。汉碑有雄古者，有浑劲者，有方整者，求其清微变化，无如此碑。观其用笔，一正一偏，游行自在，动合天机，心思学力，到此一齐无用，此唯捻破管，画破纸，笔成冢，研成臼，渐老渐熟，乃始恍然遇之，口说不济事。……书到熟来，自然生变。……此碑书有五节，体凡八变。碑文矜练，以全力赴之，故力出字外，无美不备。铭文则矜意稍解，清超绝尘，几欲笔不着纸。文后九人，韩敕大书姓字，文如薤叶，独为矜重。后八人比于铭文，无复矜意，而清圆超妙，动乎自然。碑阴与文后八人风韵略似，而天机浮动，一正一偏，往往于无意之中触处生妙。至两侧而笔益纵绝矣，左侧逾时复作，别开一境，笔虽极纵而清圆超妙，复纵不逾矩。右侧则兴已垂竭，但存一段清气于空明有无之间，虽不作意而功益奇。增书人名，或以书法，各各不同，为出两手，细玩未然，乃两时书，非两人书。斜斜整整，转见天倪。即此亦可见当时神妙无方，非复规矩所能程限矣。』清梁章钜《退庵随笔》引王虚舟曰：『书到熟来，自然生变，《韩敕碑》无字不变，「普」字、「留」字不知多少，莫有同者。此岂有意于变，只是熟故，若未熟便有意求变，所以数变辄穷。』清方朔《枕经堂金石题跋》云：『盖此碑之妙不在整齐而在变化，不在气势充足而在笔力健举。汉碑佳者虽多，由此入手，流丽者可摹，方正者亦可摹，高古者可摹，纵横跌宕者亦无不可摹也。』清杨守敬《评碑记》云：『汉隶如《开通褒斜道》《杨君石门颂》之类，以性情胜者也。《景君》《鲁峻》《封龙山》之类，以形质胜者也。兼之者惟推此碑（《礼器碑》）。要而论之，寓奇险于平正，寓疏秀于严密，所以难也。』清沈曾植《海日楼札丛》云：『《礼器》细劲，在汉碑中自成一格。』清李瑞清《清道人论书嘉言录》云：『其书则上承殷龟版文，下开《启法》《龙藏》二碑。河南《圣教》是其嫡嗣，北海《李思训》实用其法。』祝嘉《书学史》云：『画细不见其薄，画肥不觉其肿，参错其间，气象千万，诚奇观也。』

可见，此碑的特点为于方整中极尽用笔体势之变化，可谓方整严密，融遒劲雄强与灵秀精巧为一体，正如启功《论书绝句》所云：『《礼器》方严体势坚。』这种变化包括字形、用笔方向、提按轻重、疏密处理，几乎无所不包。用笔之中侧变化极为复杂，有牵一发而动全身之意，所以看似方整疏朗，一旦付诸临写，就会觉得极难把握。所谓下启《兰亭》《雁塔圣教序》，主要在用笔，即以『S』形使转用笔取势。（图十四）使点画八面出锋，浑圆细劲而不纤弱，捺笔重按轻提而不显笨拙，结构疏密自然，典雅大方，虽众美

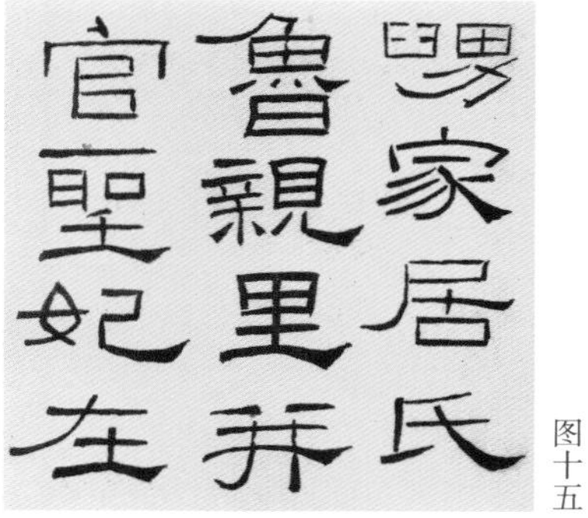

图十五

图十四

汇归，而自有一种威仪，所以临写此碑切忌纤弱。马一浮认为：『以篆势行之，颇有游刃之乐，乃悟元常「多骨丰筋」的是正法眼藏，非唐以后所知也。』于此中关节思过半矣。林散之有诗云：『笔从曲处还求直，意到圆时更觉方。』用于形容此碑也是极为恰当的。（图十五）

执笔方法

中国书法已有近四千年的历史，在这漫长的岁月里，执笔、运笔之法自然也并非一成不变，而是随社会生活、文字的演变及书法艺术的发展而不断变化，至唐宋才渐趋于稳定。这就是我们现在通行的五指执笔法，也就是唐陆希声所归纳总结的『拨镫五字法』，即『擫』『押』『钩』『抵』『格』。至五代李煜增其『导』『送』二字，为『拨镫七字法』。他说：『书有七字法，谓之拨镫。自卫夫人并钟、王，传授于欧、颜、褚、陆等，流于此日。……非天赋其性，口受要诀，然后研功覃思，则不能穷其奥妙，安得不秘而宝之？所谓法者，擫、压、钩、揭、抵、拒、导、送是也。』（南唐李煜《书述》）他还阐释道：『擫者，擫大指骨上节，下端用力欲直，如提千钧。压者，捺食指着中节旁。钩者，钩中指，着指尖钩笔，令向下。揭者，揭名指，着指爪肉之际揭笔，令向上。抵者，名指揭笔，中指抵住。拒者，中指钩笔，名指拒定。导者，小指引名指过右。送者，小指送名指过左。』汉人席地执简而书，由于竹木简很窄，所以笔制要比晋唐以纸为书写材料的笔要细得多，用单苞执笔更为稳便。唐宋之际，由于座椅的逐步推广，坐姿抬升，手多倚靠在桌上，再用单苞，腕的活动就会受到限制，于是逐渐被双苞所取代。这是因为双苞执笔相对要高于单苞，便于运腕。

执笔的要点正如唐韩方明《授笔要说》所云：『夫书之妙在于执管，既以双指苞管，亦当五指共执，其要实指虚掌，钩擫讦送，亦曰抵送，以备口传手授之说也。世俗皆以单指苞之，则力不足而无神气，每作一点画，虽有解法，亦当使用不成。曰平腕双苞，虚掌实指，妙无所加也。』关于运用之方则云：『夫执笔在乎便稳，用笔在乎轻健，故轻则须沉，便则须涩，谓藏锋也。不涩则险劲之状无由而生也，太流则便成浮滑，浮滑则是为俗也。故每点画须依笔法，然始称书，乃同古人之迹，所为合于作者也。』要点就在于指实掌虚，布指欲密以便运腕。笔与纸面呈70度角左右为宜。（图十六）

图十六

读帖与临摹

学习书法最主要的方式就是读帖和临摹，通过读帖和临摹，了解和体会古人用笔、用墨的技巧，体会古人结字的个性特征，以及其对行气、章法的处理，以形取神，体悟古人由其技法所达到的精神境界，并潜移默化地受其影响，以引发出自我的真性情，再施之于创作，成有个性而具有新意之作品。书法的学习不外乎这样一个过程，所以，这第一步极为重要，引导不好就容易走弯路，一旦形成习气，再要改正就很难了。

读帖是书法学习的重要手段，与临摹相辅相成。古人云：『皆须是古人名笔，置之几案，悬之座右，朝夕谛观，思其运笔之理，然后可以摹临。』（宋姜夔《续书谱》）其实，古人将所要说的、想表达的都写在他的作品中了，就看后人是否能读懂了。

那么如何去读？读什么？是首先要弄清楚的。扬雄有『书为心画』论，虽然他说的书并不一定指书法，但这句话却极能体现书法的基本特性，即要用心去体悟。首先，要对作品的形制、大小尺寸、流传经过、内容、产生的文化背景及后人的评价有一个大概的了解。

如以所选汉碑为例，为何要树碑？哪一年树的？为谁树的？碑现在在哪里？形状尺寸如何？风格特征如何？与其他汉碑相比有什么独特之处？后人谁学习此碑？取得了什么成就？他是怎么取舍的？他对此碑有何评价？等等。因为每一件作品都不是凭空产生的，都包含了极为丰富的历史、人文、艺术内涵，需要细细品读。其次，对作品的用笔、结字、行气、章法进行分析体会。笔者认为对书法而言，应首重用笔，那么用笔何以体现呢？古代没有影像技术，我们只能通过流传下来的作品，以自己的习书经验进行推测。篆隶点画以使转为主，主要注意点画入锋、出锋的角度，使转过程中用笔的起伏与转换，上下笔之间如何衔接等等。通过对用笔的推测，尽量推想古人创作时的挥运之状，体悟其用笔带动结构之意，在临习时才能将字临准，合法度，再注意上下字的关系，进而分析行与行的关系。隶书都是独体字，虽然字与字之间没有点画的映带，但也并非布若算子。因为首先文字有笔画多少的不同，古人创造此字时有一种自然之势，即每字都有其动势情态，而非单一刻板，所以通过对作品技法的解读，我们可以体会到古人的奇思妙想，这些都是很难用语言表达的，需要大家自己去仔细体悟。当然清人已走在前面，我们可以通过了解他们的用笔特征来看他们对汉人隶书用笔的理解。再次，汉碑由于其特殊的用途，多显得庄重而肃穆，并且古人写完作品后多不落名款，这与我们现在的书法创作在形式、内容上都有较大的距离。所以，如何将汉碑这种形式运用到自己的习作或创作中，成为急待解决的问题。而这就要对古人作品的章法构成做更为细致的分析，同时也要借鉴清人的一些作品，因为清人对这些问题处理得好，取得了很大的成就，如邓石如、赵之谦、吴昌硕等等，可以对他们的作品进行分析、比较、取舍。

临摹应持有的态度：临摹法帖有的时候会使人觉得既枯燥又乏味，所以贵在持之以恒，去细细品味其内在意蕴。在这方面，古人已为我们树立了良好的榜样。『凡临古人书，须平心耐性为之，久久自有功效，不可浅尝辄止，见异即迁。师宜官之帐，张芝之池水，其故可思。徐季海学书论云：「俗言书无百日工，悠悠之谈也。宜白首工之，岂可百日乎？」今人亦有「书无一月工」之谚，盖本于此。试观欧阳询初见索靖碑，唾之；复见，悟其妙，卧其下者十日。阎立本尝至荆州，视僧繇画，忽之；次见，略许；三见，坐卧宿其下者十日。书画之妙，以欧阳与阎之真识，尚不能以造次得之，况下其几等者乎！』（清梁章钜《退庵随笔》）古人于书画用意极深，学习是一个循序渐进的过程，即使如大书家欧阳询、大画家阎立本都不可能一下子领悟古人书画的妙处，更何况是我们呢？所以，我们要虚心，持之以恒，用心去体会，用手去实践，这样才能与古人沟通，领悟其妙处，从而为己所用。

隶书笔法

正如沙孟海在《近三百年的书学》所云：『从前的人，本来并没有所谓「碑学」，嘉道以后，汉魏碑志，出土渐多，一方面固然供给几位经小学家去做考证经史的资料，又一方面便在书学界开个光明灿烂的新纪元。有人说，「碑学乘帖学之微，入缵大统」，这话固然说得过分些，然而清代的下半叶，写碑的人的确比学帖的人多了，这是宋元明人所梦想不到的一回事。』按常理，新资料的发现，对书学的发展必然会产生极大的推动作用，但当时和铅字一样匀称的『馆阁体』书法却严重地限制了这种发展。『馆阁体的严格化，虽然起于道光时曹振镛的挑剔，为着一字甚至半字或一笔涉及「破体」，便把全卷黜斥了，但道光以前，折帖字体，何尝不以端方拘谨为主，怎能说得到高雅呢！总之，这一体字影响及于当时的书学，实在非常之大。可怜的举子们，中间不无觉悟分子，可是赶快求解放，恰像中年的妇人，缠过了小脚，再想放松，不消说是不可能，即使有此可能，也已留着深刻的创痕，和那天足的截然两样（明代虽也是科举制度，但还没有这个流弊）。所以清代书人，公推为卓然大家的，不是东阁大学士刘墉，也不是内阁学士翁方纲，偏是那位藤杖芒鞋的邓山人（石如），就是这个原因——至少是一部分的原因。』（《近三百年的书学》）就隶书学习来说，由于民国以前，竹木简出土极少，一般人基本看不到汉人墨书真迹，自然只能以僵化的楷法临汉碑拓本，其结果可想而知。米芾早就说过：『石刻不可学，但自书使人刻之，已非己书也，故必须真迹观之，乃得趣。』（《海岳名言》）这里的『趣』自然指用笔，汉碑中有些刻工还非常拙劣，更谈不上表现笔意，且大多风化磨损严重，后人不明用笔内理，多以颤笔拟其斑驳之意，以拙、重、大求金石之气，多失隶笔之本源，并不足取法。而近百年来西北出土的大量汉简，如额济纳居延前汉简、马圈湾前汉简、悬泉置前汉简等等，以及近几十年山东地区出土的江苏连云港尹湾前汉简、扬州邗江胡场五号墓前汉木签等等，为我们了解隶书用笔提供了极为丰富生动的资料，这都是民国以前的人无法想象的。在此以居延汉简为例作简要阐述。此类简牍出自『甘肃省北部额济纳河流域，古代泛称「居延」或「弱水流沙」，绵延三百公里，遍地沙碛，气候极其干旱。由于东西两侧巴丹吉林沙漠和北山山脉的天然遮挡，使额河两岸成了我国西部的一条重要的南北通道。其下游和居延海一带，远控大漠，近屏河西，东西襟带黄河、天山，而且水草丰美，宜于农牧，在汉代，乃是中央王朝与匈奴领主激烈争夺之地。史书记载，西汉武帝时，在这里曾大规模修筑军事设施，进行屯戍，频繁活动一直延续两个世纪之久。居延至今仍保存着当时的大量城鄣烽塞等遗迹』。（初仕宾、任步云《居延汉代遗址的发掘和新出土的简册文物》，《文物》1978年第1期）出土简牍多为诏书、律令、科别、品约、牒书、推辟书、劾状等，内容广泛，几乎涉及从西汉中期到东汉初期社会的政治、军事、经济、文化、科技、法律、哲学、宗教等各领域。此种隶体，后经整理规范即为『八分』。其整理者为王次仲。历史上好像有两个王次仲：一是秦代的，唐张怀瓘《书断》引《序仙记》云：『王次仲，上谷人，少有异志，少年入学，屡有灵奇，年未弱冠，变苍颉书为今隶书。始皇时官务繁多，得次仲文简略，赴急疾之用，甚喜，遣使召之。三征不至，始皇大怒，制槛车送之于道，化为大鸟，出在槛外，翻然长引，至于西山，落二翮于山上，今为大翮山、小翮山，山上立祠，为旱祈焉。』这类神话，不足为信。二是汉代的，《书断》引王愔云：『次仲始以古书方广，少波势。建初中，以隶草作楷法，字方八分，言有模楷。』又引萧子良云：『灵帝时，王次仲饰隶为八分。』又言：『或云「后汉亦有王次仲，为上谷太守，非上谷人。」又楷隶初制，大范几同，故后人惑之，学者务之，盖其岁深，渐若「八」字分散，又名之为八分，时人用写篇章或写法令，亦谓之章程书。』笔者倾向于汉代的王次仲，因为程邈的隶变，只是减省点画，并没有涉及用笔，所以，程邈的隶书是少波势的，而王次仲的『饰隶为八分』，是将西汉隶书用笔的『蚕头』『燕尾』及方折的形式特征固定下来。因为就考古发现来说，西汉武帝时，隶书的体势、用笔特征已经很成熟了，只是尚未以官方形式加以整理与规范。至王次仲时才有这个条件，对之加以整理，在这个过程中，由于楷书的出现，受其影响，使其体势不像西汉隶书那么扁，而是稍方，可以汉碑为代表，『燕尾』也有所收敛，不像西汉那么飘逸。所以《书断》云：『始皇之世，出其数书。小篆古形犹存其半，八分已减小篆之半。隶又减八分之半，然可云子似父，不可云父似子。故知隶不能生八分矣。本谓之楷书，楷者法也，式也，模也。』就存世书法遗迹来看，这里的『隶』应指楷书。至于汉代隶书之转变，笔者以为应是『古隶减大小篆之半，隶（八分）又减古隶之半』，才较为恰当。居延此批汉简为隶变最彻底的时期，点画已完全没有了象形的意味。结体变纵势为横势，而且横画间极为紧密，有密不透风之感。用笔速度较快，点画提按强烈，多方折，特别突出『燕尾』，使字体显得飞扬俊逸，字重心降低，使结体在飞动中又不失稳重。汉人似乎天生就于这两极之中游刃有余。汉蔡邕《隶势》云：『鸟迹之变，乃惟佐隶。蠲彼繁文，崇此简易。……奂若星陈，郁若云布。修短相副，异体同势。……纤波浓点，错落其间。若钟簴设张，庭燎飞烟。……似崇台重宇，增云冠山。远而望之，若飞龙在天；近而察之，心乱目眩。』描绘得真是既夸张又贴切，使人能见其书而感受到汉人淳直而质朴的气息，正合于此简。所以，学习隶书，首先要明隶法之本源，这样即便碰到再斑驳的碑刻也能明了其用笔规律。

先来看看古人对隶书点画的要求，汉蔡邕《九势》云：『夫书肇于自然，自然既立，阴阳生焉；阴阳既生，形势出矣。藏头护尾，力在字中，下笔用力，肌肤之丽。故曰：势来不可止，势去不可遏，惟笔软则奇怪生焉。凡落笔结字，上皆覆下，下以承上，使其形势递相映带，无使势背。转笔，宜左右回顾，无使节目孤露。藏锋，点画出入之迹，欲左先右，至回左亦尔。藏头，圆笔属纸，令笔心常在点画中行。护尾，画点势尽，力收之。疾势，出于啄磔之中，又在竖笔紧趯之内。掠笔，在于趱锋峻趯用之。涩势，在于紧驶战行之法。横鳞，竖勒之规。此名九势，得之虽无师授，亦能妙合古人，须翰墨功多，即造妙境耳。』强调了用笔的阴阳向背及笔势的顺逆转化。元吾丘衍《三十五举》云：『隶书须是方劲古拙，斩钉截铁，挑拔平硬如折刀头，方是汉隶。』清王澍《论书剩语》云：『汉唐隶法体貌不同，要皆以沉劲为本。唯沉劲斯健古，为不失汉人遗意，结体勿论也。不能沉劲，无论为汉、为唐，都是外道。』又其《竹云题跋》云：『要当以古劲沉痛为本，笔力沉痛之极，使可透入骨髓，一旦渣滓尽而清虚来，乃能超脱。』关于隶书用笔与篆书用笔的异同之处，清刘熙载《艺概》云：『书之有隶，生于篆，如音之有徵，生于宫。故篆取力弇气长，隶取「势险节短」，盖运笔与奋笔之辨也。』又『隶形与篆相反，隶意却要与篆相同。以峭激蕴纡余，以倔强寓款婉，斯征品量。不然，如「抚剑疾视」，适足以见其无能为耳。』从中我们可以分析一下篆隶书用笔的同异及隶书用笔的特点：由于隶生于篆，所以隶书中必然会包含一些篆书用笔，比如逆锋起笔，中锋行笔，（隶书行笔稍中锋中带侧）『峭激蕴纡余』『倔强寓款婉』正是指此，说明篆隶行笔都有一定的节奏，筋骨力量内含其中。不同之处在于篆书多『运笔』而隶书多『奋笔』。『运笔』说明点画虽有节奏的变化，但幅度不大，且较均匀。『奋笔』则运笔幅度会突然有一个爆发，强烈而刚断。『方劲古拙』『斩钉截铁』『折刀头』就是这种『奋笔』所产生的效果。隶书本身

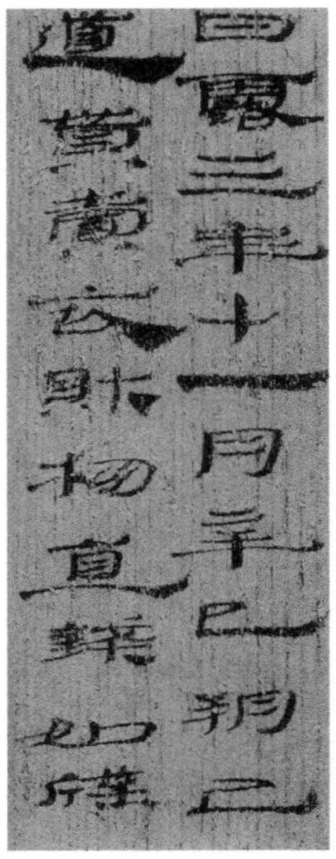
图十七

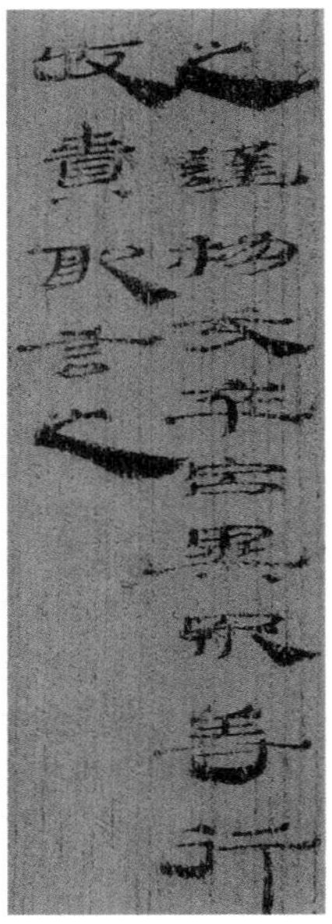
图十八

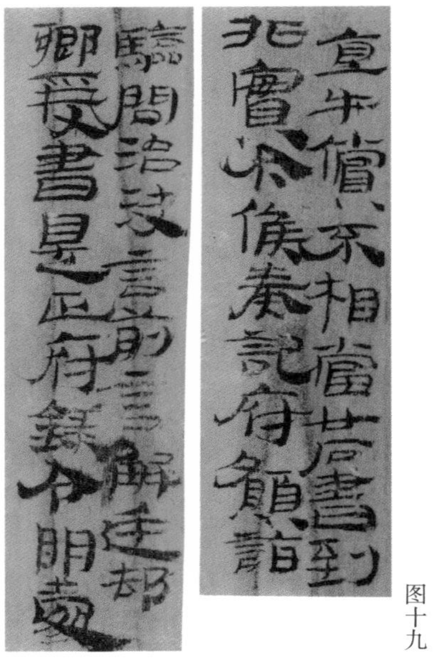
图十九

图二〇

的点画就有刷掠的意味，再加以『奋笔』，使提按的幅度与笔毫的弹性达到了一个极大的饱和度，这样就产生了点画的振动，以此影响书写者的身心，就会自然而然地产生一种书写的愉悦感和畅快感。而汉末的文人士大夫正好敏锐地把握住了这种感觉，寄情升华，由隶而草，可以说是这种情感书写形式的高度发展阶段，最终使书法这种艺术形式得以确立。所以，对于书法而言，隶变是极为关键的，不单单是点画的符号化，更是情感的符号化，使情感的表达宣泄通过符号化的语言得以记录在书写材料上。

在具体临习的时候，用笔可以参考简牍墨迹，在了解其具体用笔的前提下，再来临习碑刻，才能看清碑刻后面的笔理。如居延前汉简（图十七至二〇）、悬泉置前汉简（图二一）、连云港前汉简（图二二

图二一

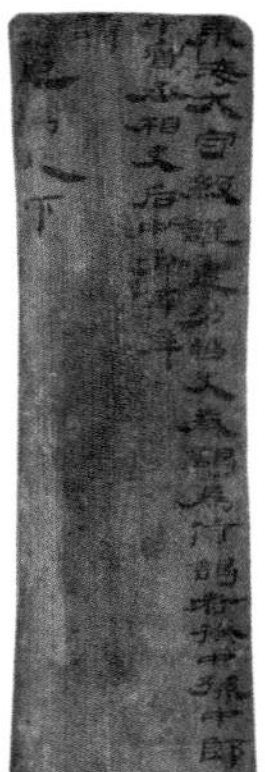
图二二

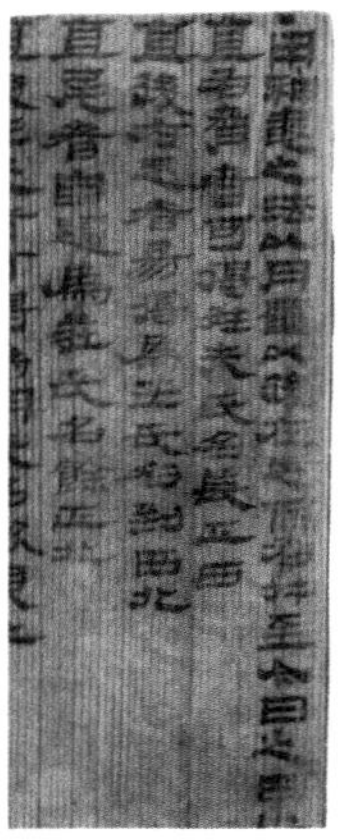
图二三

图二四

图二五

至二四）、扬州邗江胡场五号汉墓木签（图二五）、海昏侯墓前汉简（图二六）、武威王莽新简（图二七）、长沙后汉延平元年名刺（图二八）、汉陶器釉书（图二九）等。临摹碑刻的要求是，既要体现碑刻的清刚之气，又要具备自然运笔所产生的笔意，而不是在不明用笔的情况下，不断临摹碑刻，自创一套用笔。

一、起笔方法

《礼器碑》一般多为逆锋起笔，方圆的变化在于起笔中侧的角度，即中锋起笔较圆，锋稍侧则起笔就会稍方。（图三〇）

二、行笔之法

隶书行笔相比较篆书而言，自然要快很多。运笔过程的节奏感也要强烈得多，点画不同，运笔的节奏也有所不同。正如清傅山《跋〈孔宙碑〉》云：『「缓案急挑，长波郁拂」八字，颇尽隶书之微。』林散之说：『快，要刹得住。所以要学隶书，因为隶书笔笔留得住。』（《林散之笔谈书法》）用笔快而能留得住，不浮滑，这是《礼器碑》运笔的基本要求。一般横竖的点画运笔较快，但节奏起伏不大，主笔的『蚕头燕尾』，用笔的节奏最为强烈，也最能体现隶书的运笔特征。用笔需节奏明快，劲利果断！关于用笔的方圆，林散之说：『可以内圆外方，不方不圆，亦方亦圆；

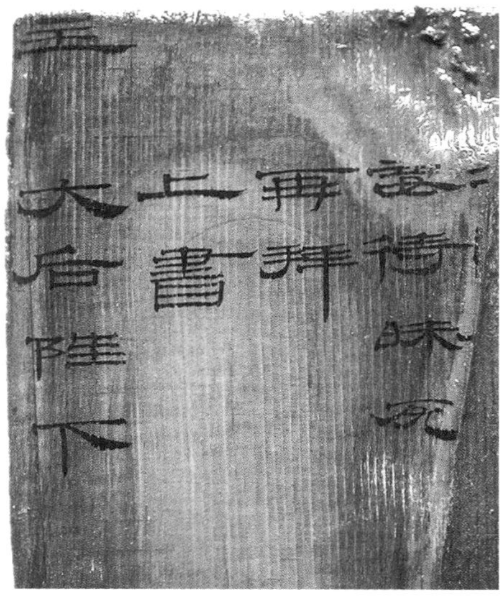

图二六

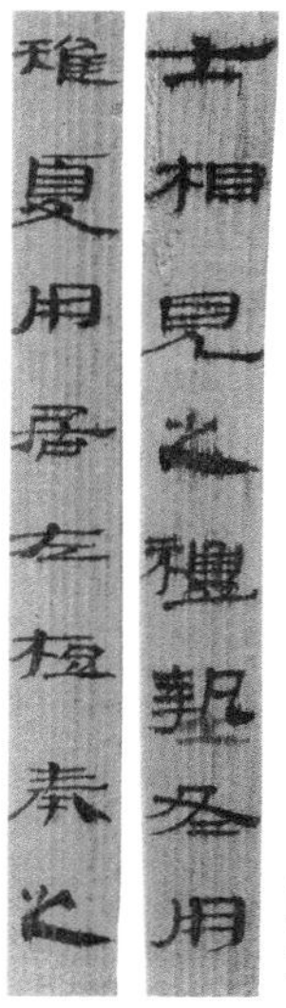

图二七

图二八

图二九

过圆也不好，柔媚无棱角。正是：笔从曲处还求直，意到圆时觉更方。此语我曾不自吝，搅翻池水便钟王。』（《林散之序跋文集》）是说用笔要在方圆之间，要有骨力。（图三一）

三、收笔方法

隶书收笔法也与篆书有很大不同，因为隶书点画之间的关联极为紧密，讲究用笔之间的贯气，所以变化也较多。林散之说：『汉碑主要难在气上，要贯气，点画之间要有呼应，要笔笔留。』又：『写隶，从接让处看呼应关系，燕尾要出乎自然。』（《林散之笔谈书法》）就是这个意思。同时，好的运笔出锋还能带动结构，体现隶书的境界章法。『汉隶看其下笔处出锋的地方，境界高，章法美。』（《林散之笔谈书法》）所以收笔也是隶书出彩的地方，要特别注意。《礼器碑》收笔多刚劲果断。

四、转折之法

隶书的转折视不同的位置情况有提笔使转，有直接转折而下，也有分两笔相衔接等区别。

《礼器碑》结构

结构就是字的点画安排方法，又称间架结构。元赵孟頫云：『盖结字因时相传，

图三〇

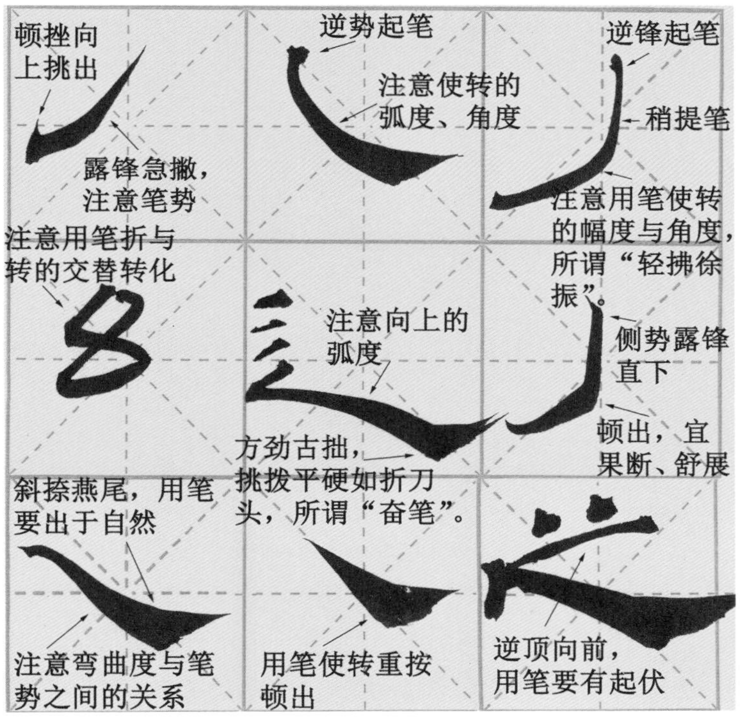

图三一

用笔千古不易。』（《兰亭十三跋》）可见，结构虽由用笔引发出来，但因时不断变化，最易见书家性情。因为个人笔势不同，而笔势由书家性情气质决定，所以对虚实、字势的处理也多有差别，所谓风格的形成，这是极为重要的一环。

一、外形

清蒋和《书法正宗》云：『汉碑字体多有俯仰、向背，结字亦有方正、严密、遒紧，种种不同。』可以说，同为汉隶，其结构外形还是有许多风格上的差异，总的来说，隶书呈扁方形，取横势，点画向左右两端拓展，有飞动之势。《礼器碑》结体正是『方正、严密、遒紧』的集中体现。（图三二）

二、点画的向背

隶书以横势为主，笔力也多用在横画上，这样竖向的笔势相对显得较弱，那么

如何支撑整个结构呢？就是靠点画的俯仰向背。俯仰向背既可使点画富于变化，又可使点画之间产生张力，从而支撑整个结构。《礼器碑》中隶书的点画的向背变化尤其复杂而多变。（图三二）

三、点画的揖让穿插

由于点画的迅速符号化，点画空间的处理显得尤为重要，也就是要在横势中求变化。这样就会使结构显得变化多姿，避免类同呆板。古人所用的手段就是对点画进行揖让参差的布置，因为占汉字绝大多数的是复合字，对文字左右、上下关系的揖让参差，一方面可以形成相互的张力，另一方面也可使文字各部分之间的关系结合得更为紧密，这一张一弛，使结构生动多姿，似有性格。（图三四）

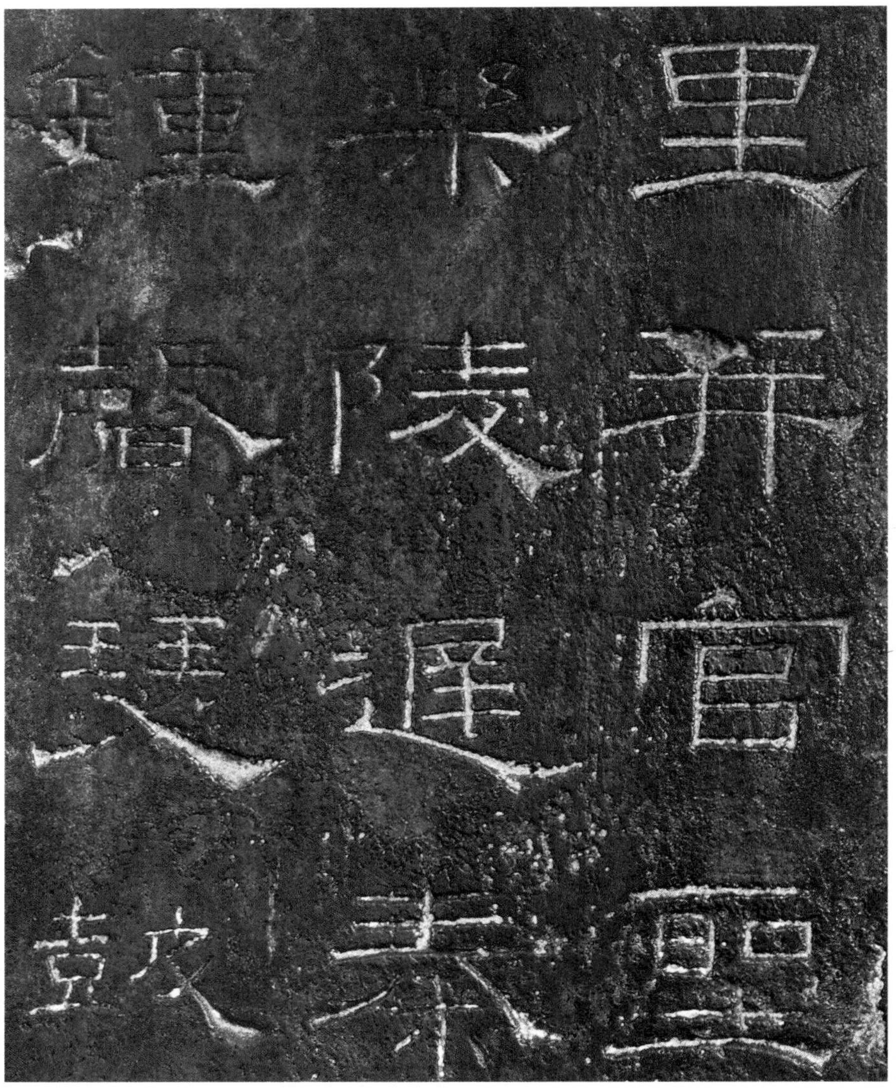
图三二

四、虚实呼应

虚实呼应包括用笔的虚实呼应和空间的虚实呼应。用笔有强弱，有起伏的变化，这是一种虚实的转换。空间的虚实其实也是由用笔带动的，就是『计白当黑』，虚实要相互对比、相互作用才能显现，黑白的空间分布同样能形成强弱之势。林散之说：『邓石如强调「知白守黑」。实则紧处紧，空处空，在于得势。此理书画通用。』（《林散之序跋文

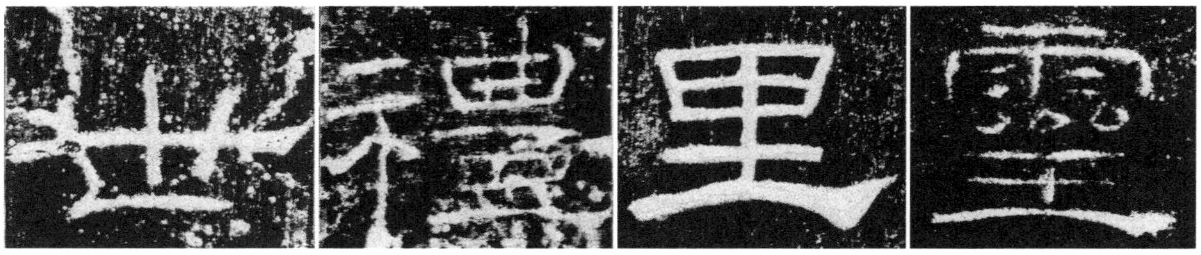
图三三

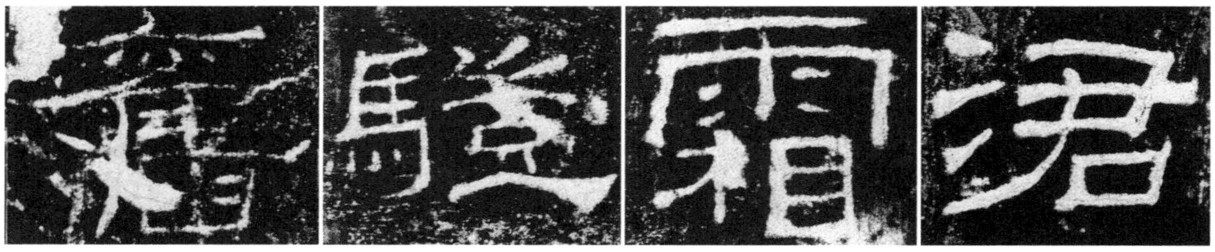
图三四

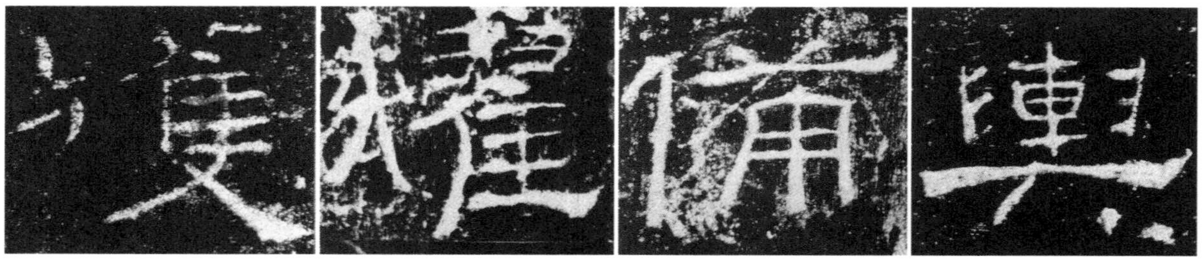
图三五

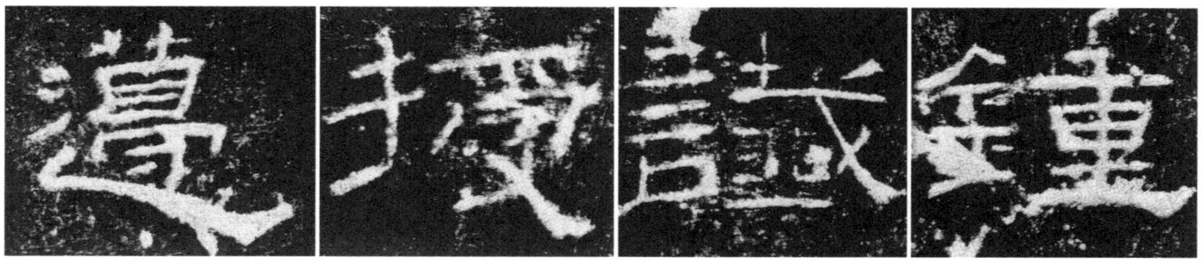
图三六

集》）指的就是这个意思。这种微妙的处理与篆书不同，书家摆脱了象形的束缚，由关注点画的形态向关注点画的关系转变，这就是隶变的重要价值所在，也是书法抒发性情功能的前提。《礼器碑》在点画虚实关系处理上尤为精妙，不着痕迹。（图三五）

五、重心点

由于隶书以横势为主，上下点画的关系较为紧密，主笔「蚕头燕尾」多处于字体的中下部，所以隶书重心较低，多处于字的中心或偏下部位。这也使得隶书用笔飞动而不失沉稳，雍容大方。《礼器碑》已是汉末碑刻，有些字的重心已升高，与西汉简牍隶书拉开了一定的距离，临习时要特别注意。（图三六）

《礼器碑》章法

字与字的组合形成行，行与行组合以至成篇即为章法。作品呈现给观众的第一印象就是章法布局，即由此而形成的气势和形式感。所以是否能吸引观众，首先是章法，其次才是笔法结构。因此，章法也是书法学习极为重要的一环。《礼器碑》碑阳的章法处理以严整庄重为基调，碑阴字相对小一点，显得疏朗而秀气，碑侧最为活泼，接近于简牍。在一块碑中，用笔风格差异如此之大，也是极为罕见的，临习时要注意区分。

书写工具

一、笔的选择

笔毛的材质，主要有硬毫、软毫和兼毫三种。硬毫主要是兔毫和狼毫，也有用鼠须者，如王羲之写《兰亭序》，用的就是鼠须笔，其共同的特点就是弹性好。这其中晋唐多用兔毫，如东晋卫铄《笔阵图》云：『笔要取崇山绝仞中兔毫，八九月收之，其笔头长一寸，管长五寸，锋齐腰强者。』元明则多用狼毫。软毫主要用羊毛制成，清人多用之。如清杨守敬《学书迩言》云：『王良常澍，钱十兰坫之篆书，以秃毫使匀称，非古法也。惟邓完白石如以柔毫为之，博大精深，包慎伯推其直接斯、冰，非过誉也。』清王伯恭《蜷庐随笔》云：『古人作字，皆用紫毫，无用羊毫者。国朝如王梦楼、刘石庵，皆用健毫。至包慎伯、何子贞、吴让之诸君，始以羊毫临池。慎翁力诋裹锋，专主铺毫，谓之「万毫齐放」，其实由于笔力太弱，而屋漏、折钗之法，遂荡然无复存矣。』潘伯鹰《中国书法简论》云：『邓（石如）在用羊毫写篆隶的成就上，直至今日还没有敌手。』所以，学清人篆隶，选羊毫为宜。至于学汉隶，笔者以为用纯狼毫比较好。（图三七）

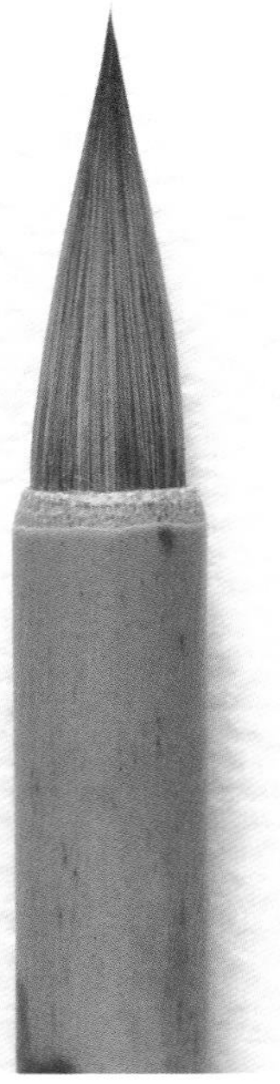

图三七

二、墨的选择

古人都是磨墨书写的，并以此作为功课。如清包世臣《完白山人传》云：『（邓石如）每日昧爽起，研墨盈盘，至夜分尽墨乃就寝，寒暑不辍。』古人于用墨极为讲究，要『黑』『透』『亮』，要『一点如漆』『湛如小儿目睛』。写篆隶用墨尤要浓，浓才能写得厚，才能涩，才能体现出『金石气』。古人写篆隶一般都用浓墨，要『一点如漆』，方见精神。如清梁章钜认为宜用饱笔浓墨，就是这个意思。林散之喜用生宣淡墨，浓淡相间，积数十年之功，气息清雅，别开生面。当然，用墨要以浓而不滞笔，淡而不渗化太过为前提。近代多用墨汁，以其方便价廉。

三、纸的选择

上古无纸，书刻于兽骨、金石，著于竹帛。汉以后，纸张才逐渐推广，多为麻纸，唐宋以后多用宣纸，清人多用生宣。初学，临摹可用毛边纸或元书纸，写作品可用半生熟的宣纸或仿古宣。

四、砚的选择

若磨墨书写就要选购砚台，以广东肇庆端砚与安徽歙砚最为精良。所择砚台要细腻润泽，以质地细、发墨快、不伤笔为佳。

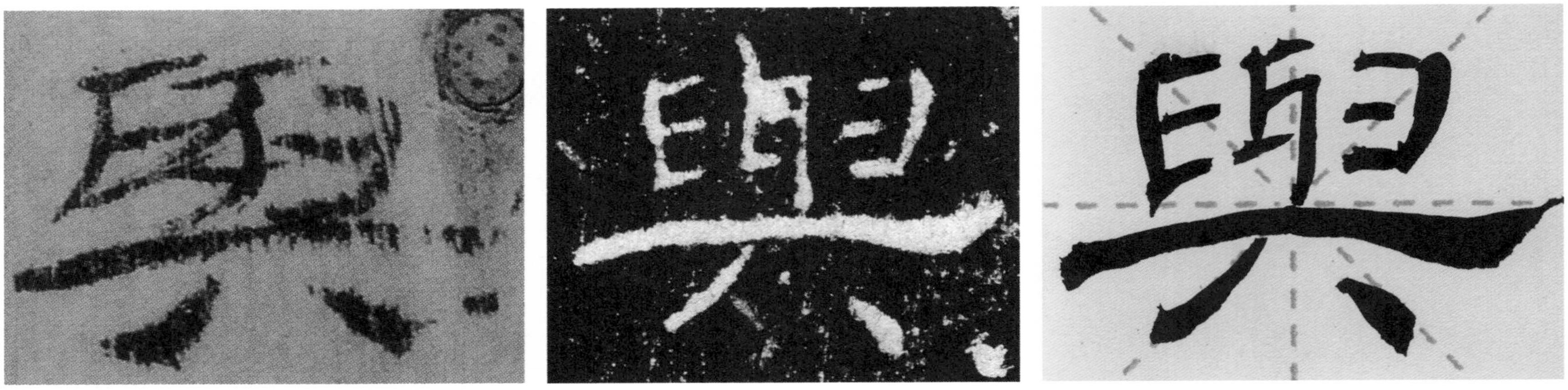
與

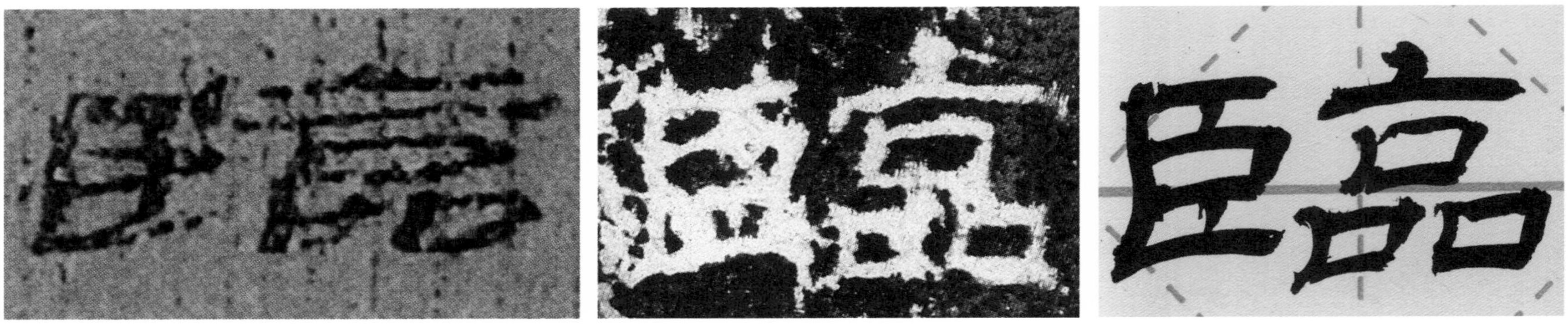
臨

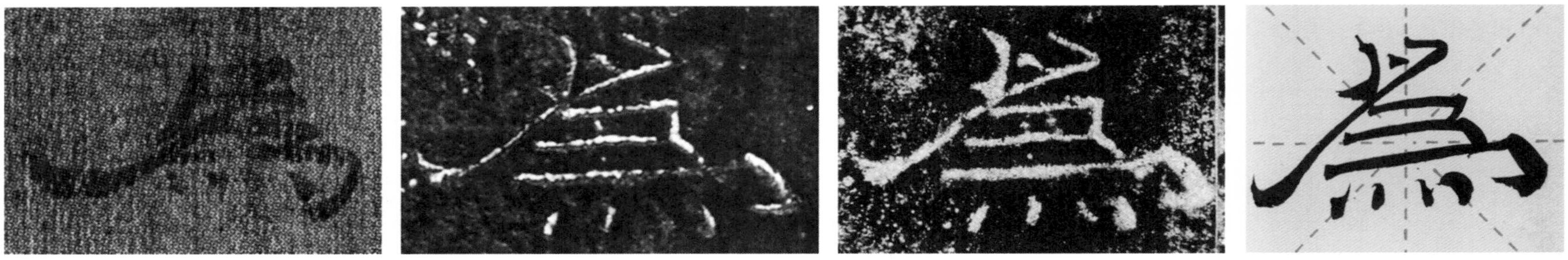
爲

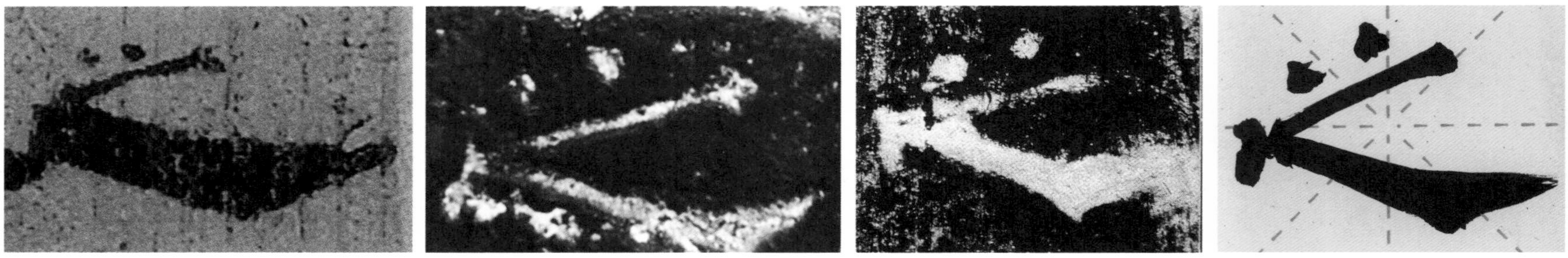
之

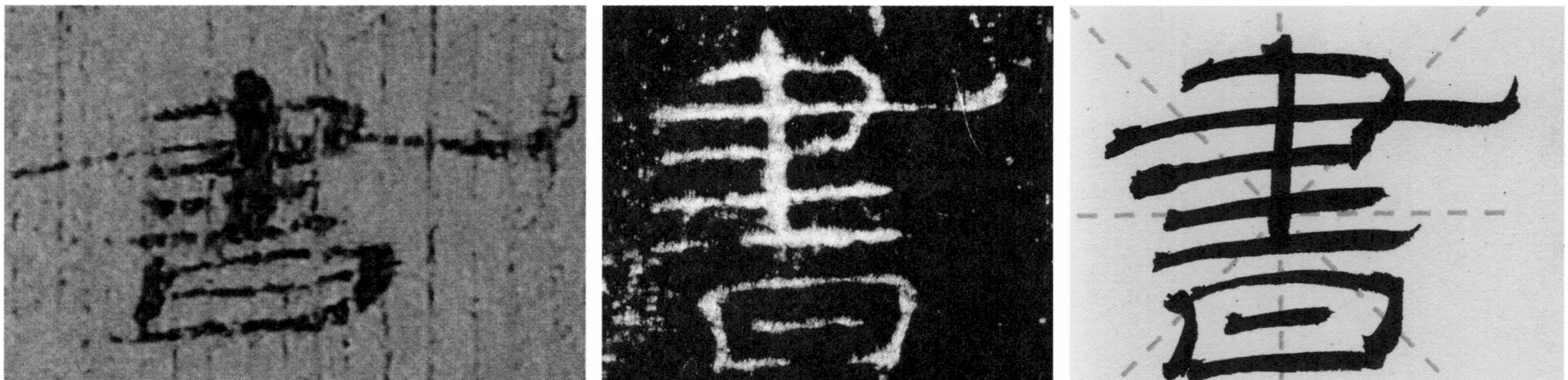
書

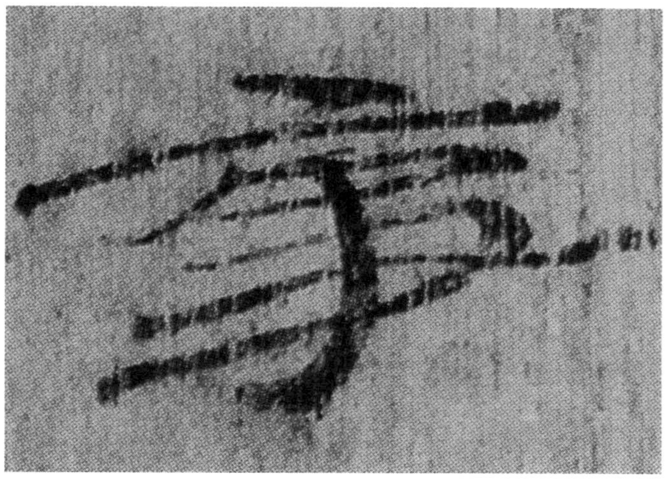
事

事
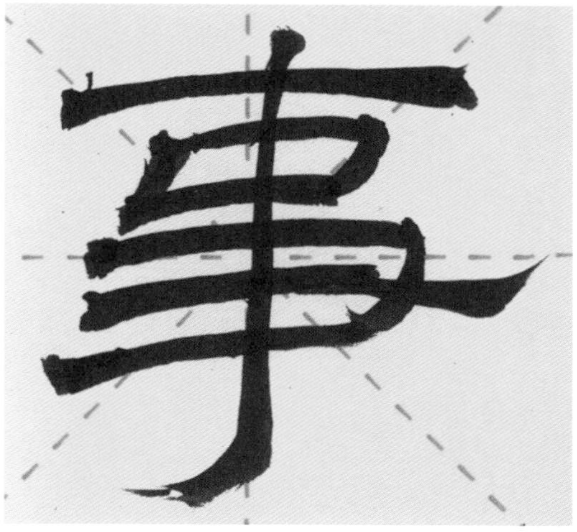
事
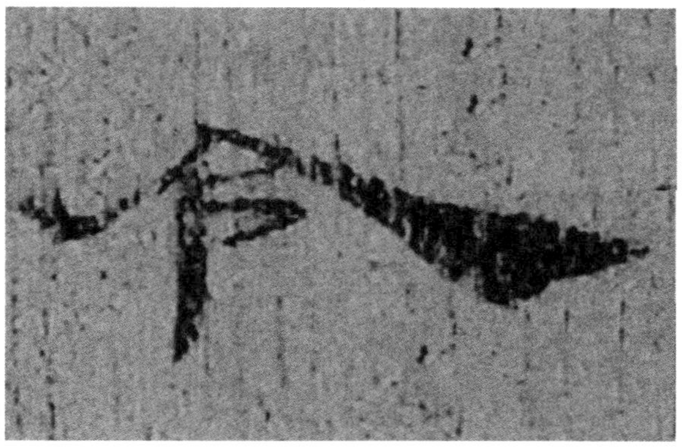
令
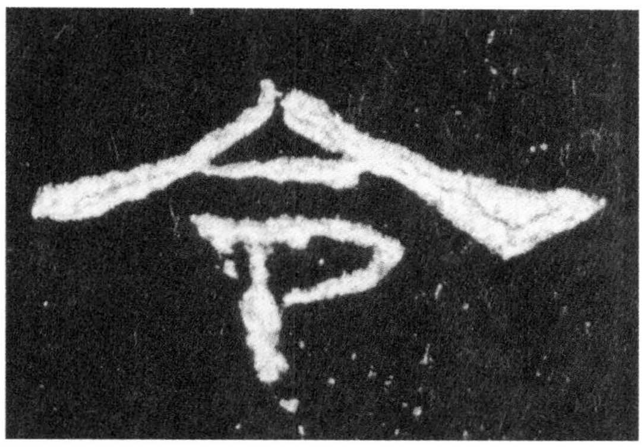
令
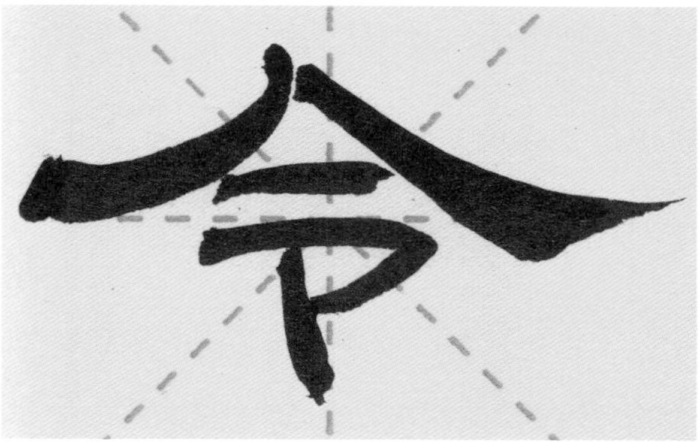
令

國

國

國

威

威
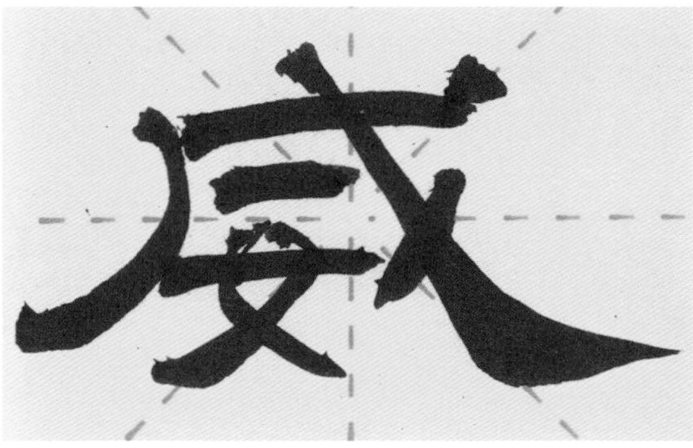
威

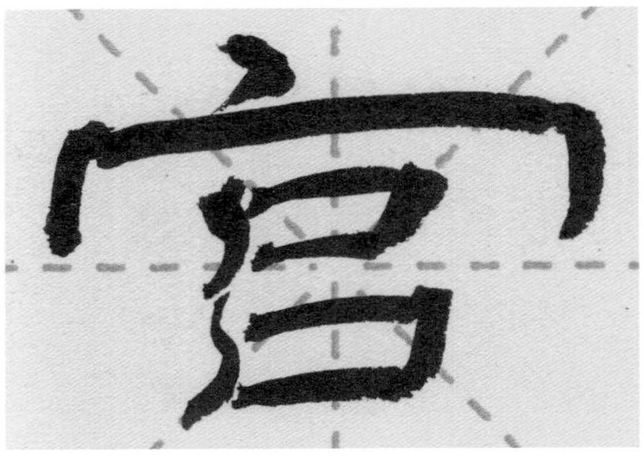

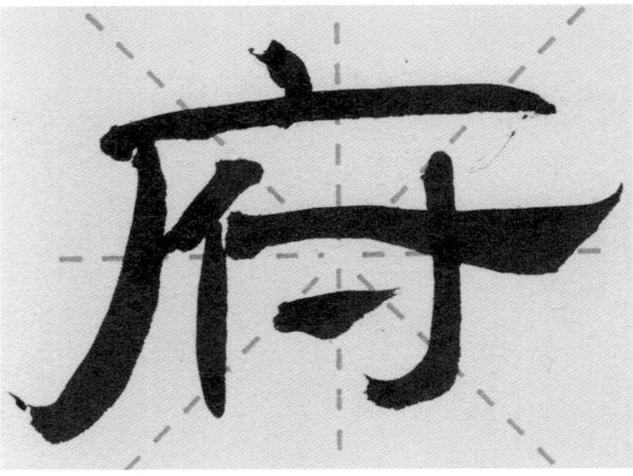

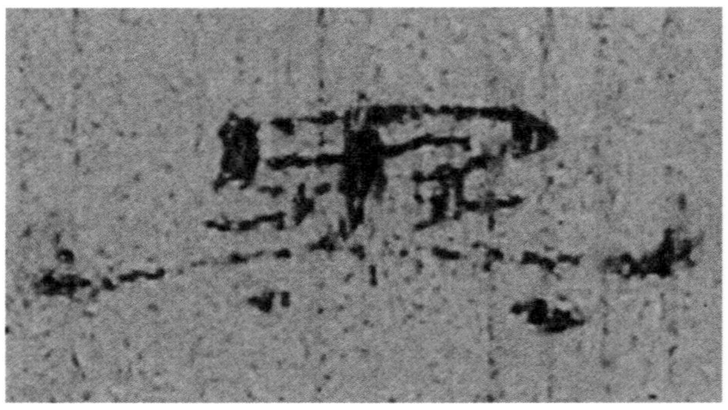

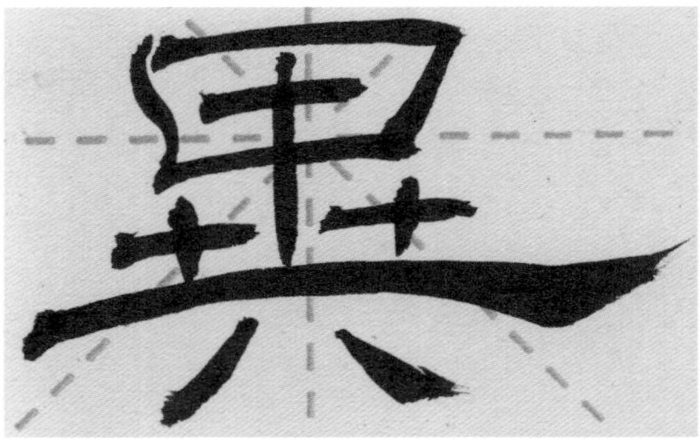

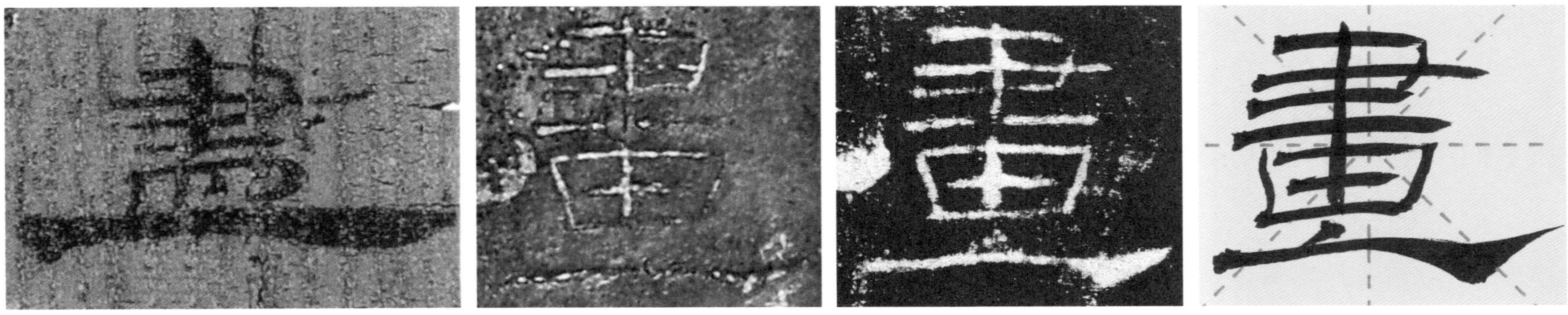

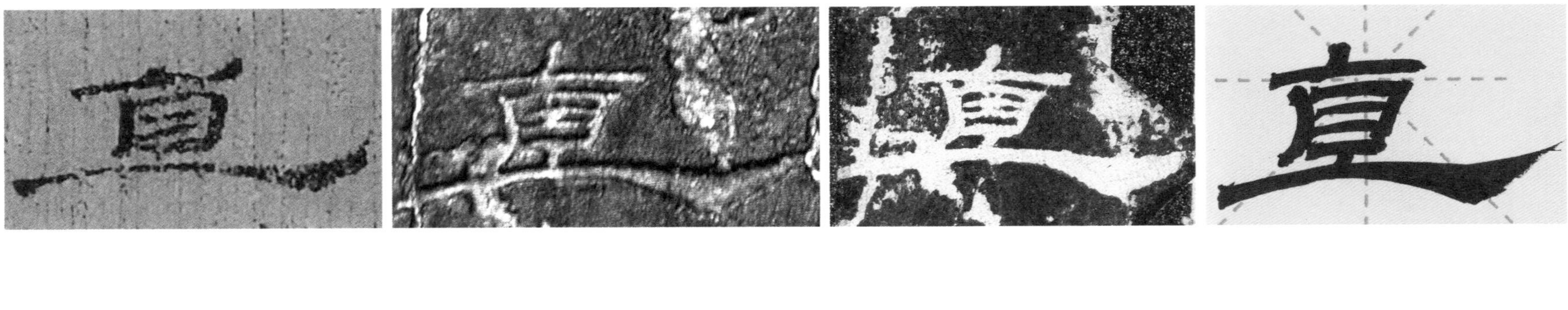

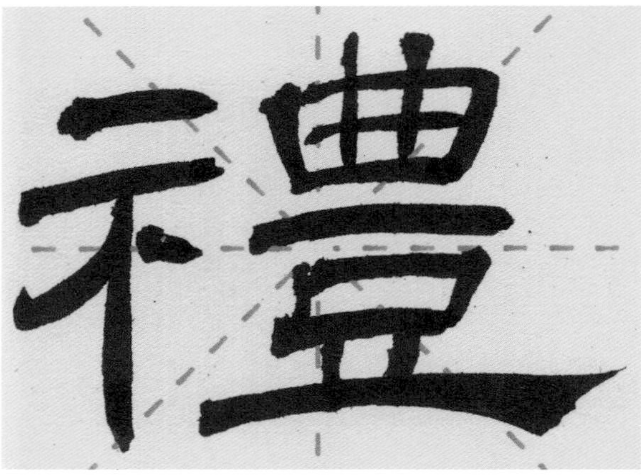
禮

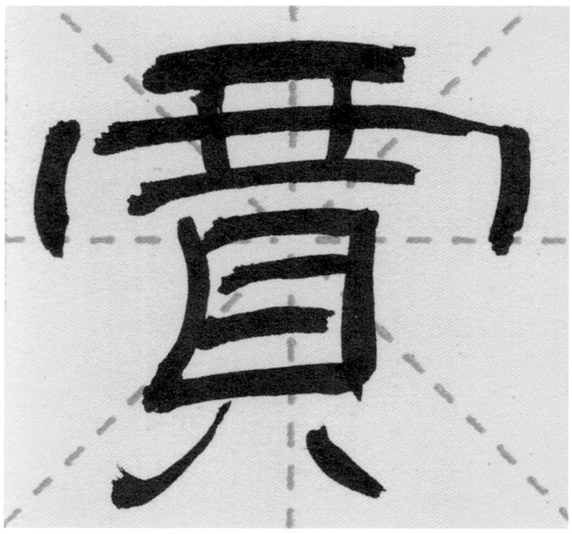
賣
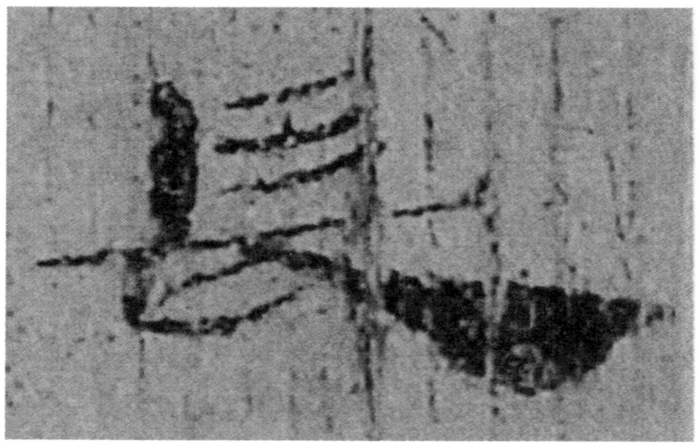

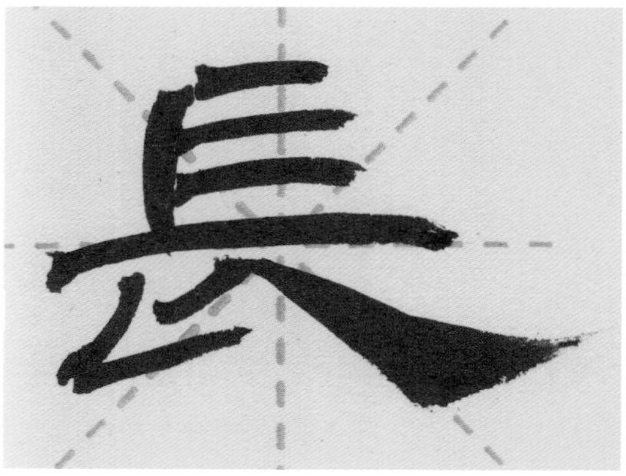
長

鮑

臺稽之

臺稽之

臺稽之

歎霜月

歎霜月

歎霜月

左安樂

左安樂
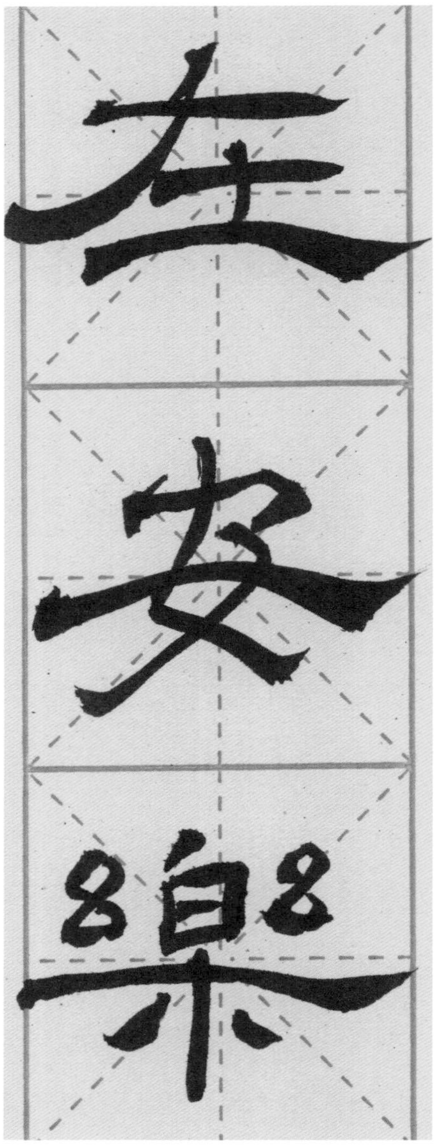
左安樂

并官聖

并官聖
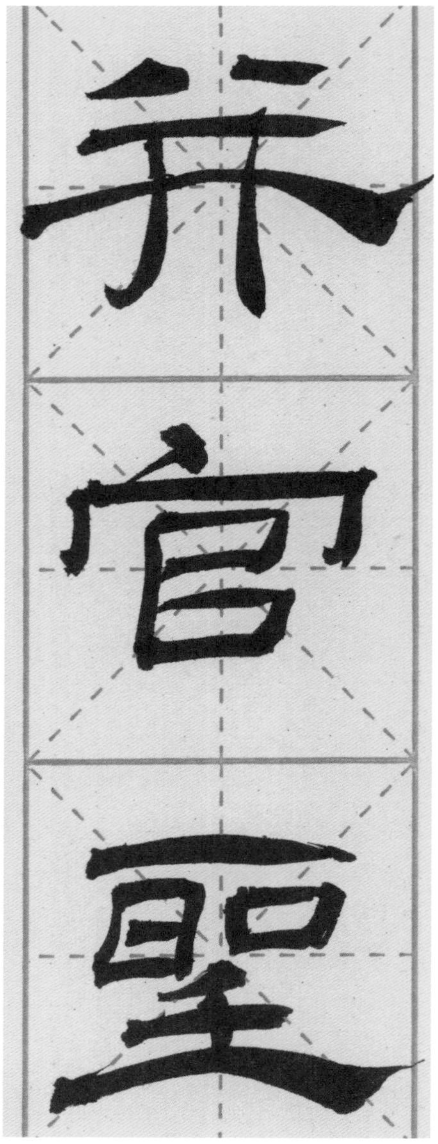
并官聖

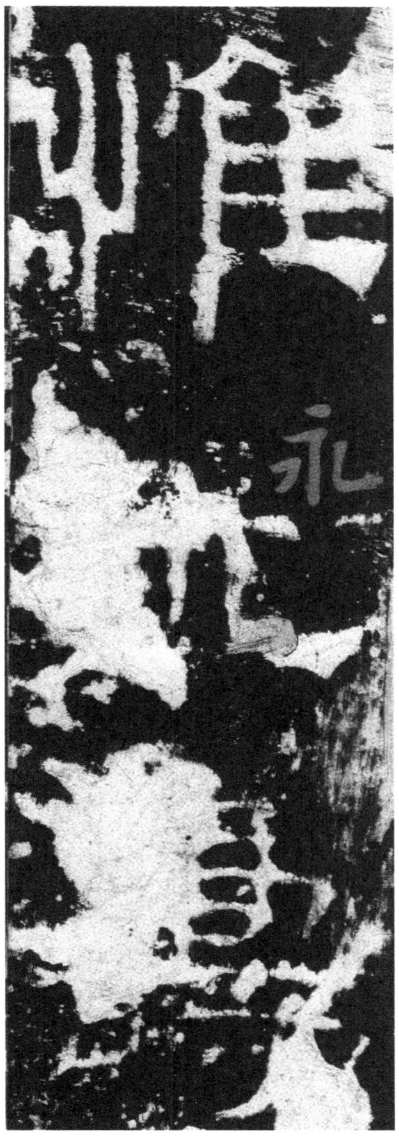
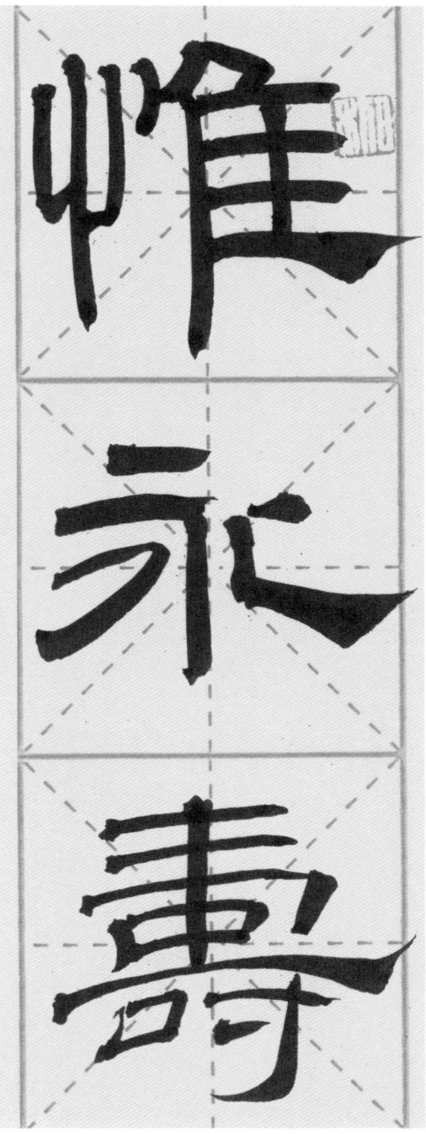
惟永壽

靈皇極

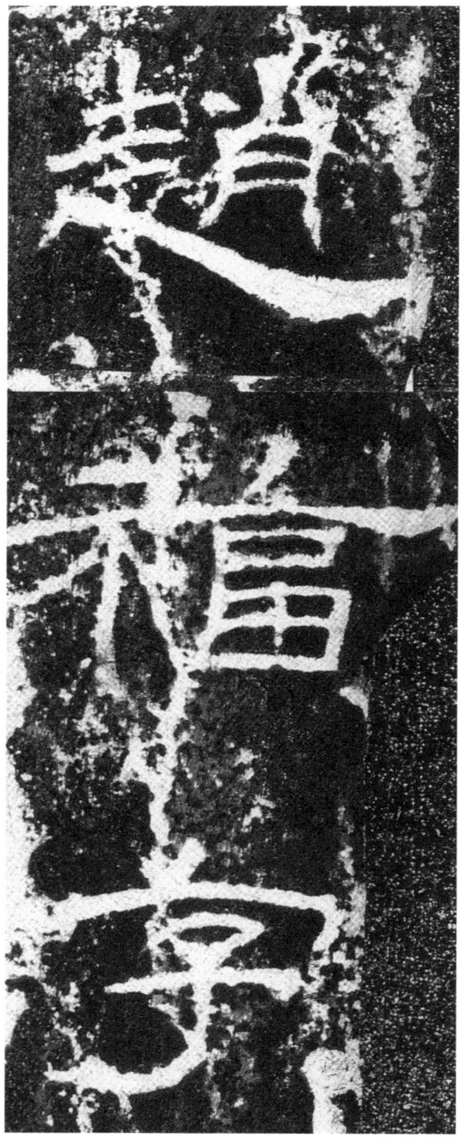

趙福字

近聖爲
陵遲秦

晉
荷
鍾

晉
荷
鍾
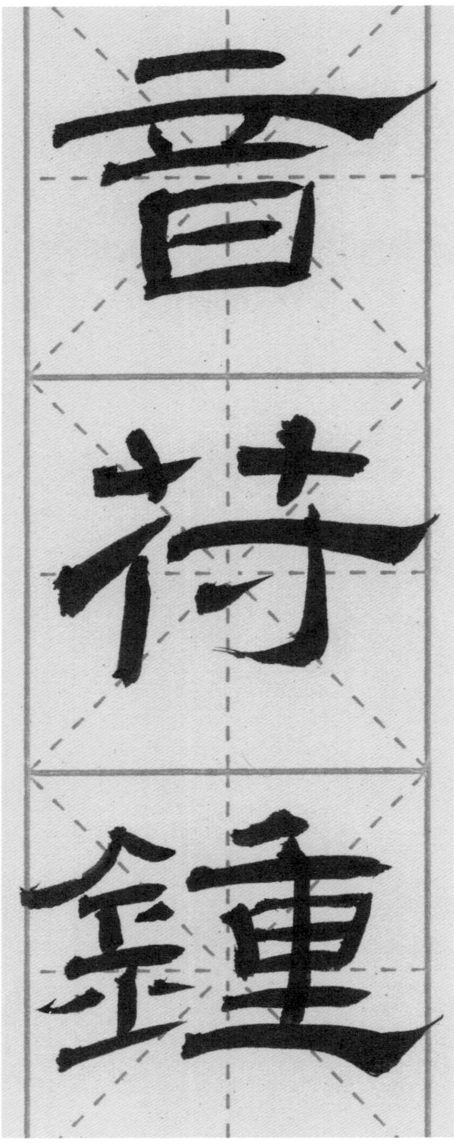
晉
荷
鍾
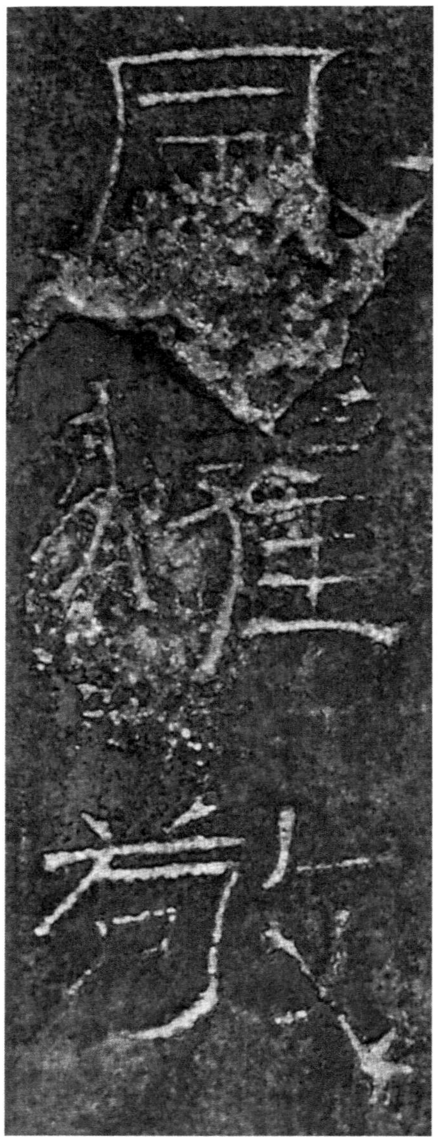
風
燿
敬
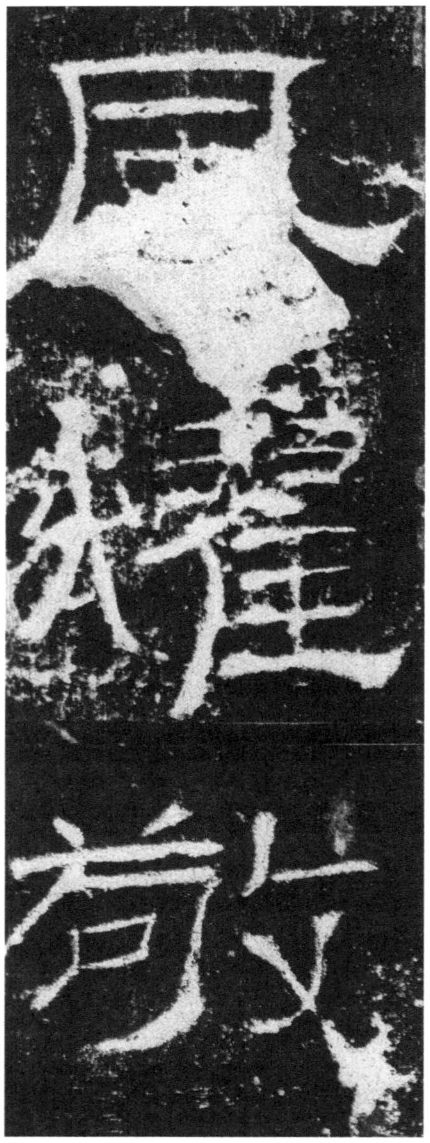
風
燿
敬

風
燿
敬

魯親里

魯親里

魯親里

龍左涒

龍左涒

龍左涒

惟永寿二年／青龙在涒叹／霜月之灵皇

惟永壽二年
青龍在涒歎
霜月之靈皇

极之日鲁相／河南京韩君／追惟大古华

極之日魯相

河南京韓君

追惟大古華

胥生皇雄颜一（母）育孔宝俱一制元道百王

骨生皇雒顏
育孔寶俱
制元道百王

不改孔子近／圣为汉定道／自天王以下

不改孔子近聖為漢定道自天王以下

至于初学莫/不驓思叹卬/师镜颜氏圣

至于初學莫
不驗思嘆卬
師鏡顏氏聖

舅家居鲁亲/里并官圣妃/在安乐里圣

舅家居魯親
里并官聖妃
左安樂里聖

族之亲礼所｜宜异复颜氏｜并官氏邑中

族以親禮所
宜異復顔氏
并官氏邑中

繇发以尊孔一心念圣历世一礼乐陵迟秦

繇發以尊孔
心念聖歷世
禮樂陵遲秦

项作乱不尊／图书倍道畔／德离败圣舆

項佐亂不尊

圖書倍道畔

德離敗聖輿

食粮亡于沙／丘君于是造／立礼器乐之

食糧亡于沙
丘君於是造
立禮器樂之

音符钟磬瑟／鼓雷洗觞觚／爵鹿柤桓笾

音苻鍾磬瑟
鼓雷洗觴觚
爵鹿柤梪籩

杈禁壶修饰一宅庙更作二一舆朝车威熹

柉禁壺脩飾
宅廟更作二
輿朝車威熹

宣抒玄污以一注水流法旧一不烦备而不

宣抒玄汙以
注水深洿奮
不煩備而不

耆上合紫台丨稽之中和下丨合圣制事得

春上合氣臺
稽之中和下
合聖制事得

礼仪于是四｜方士仁闻君｜风耀敬咏其

禮儀於是四
方士仁聞君
風燿敬咏其

德尊琦大人／之意逴弥之／思乃共立表

德尊琦大人
之意逴𢓜之
思乃共立表

石纪传亿载／其文曰／皇戏统华胥

石紀傳億載
其文曰
肆統華胄

承天画卦颜一育空桑孔制一元孝俱祖紫

承天畫卦顏

育空來孔制

元孝保祖業

宫大一所授一前闾九头以一什言教后制

宫大一所授
前闈九頭以
外言教後制

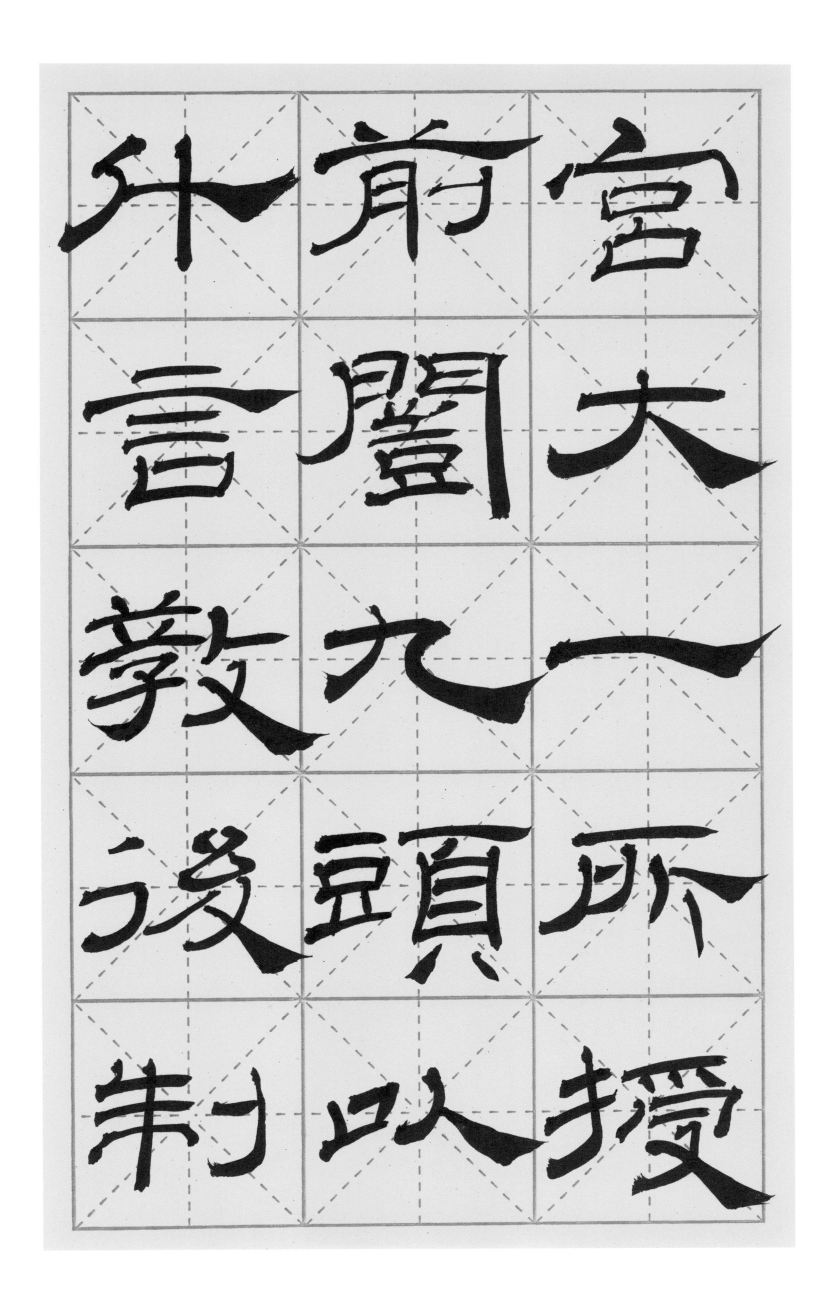

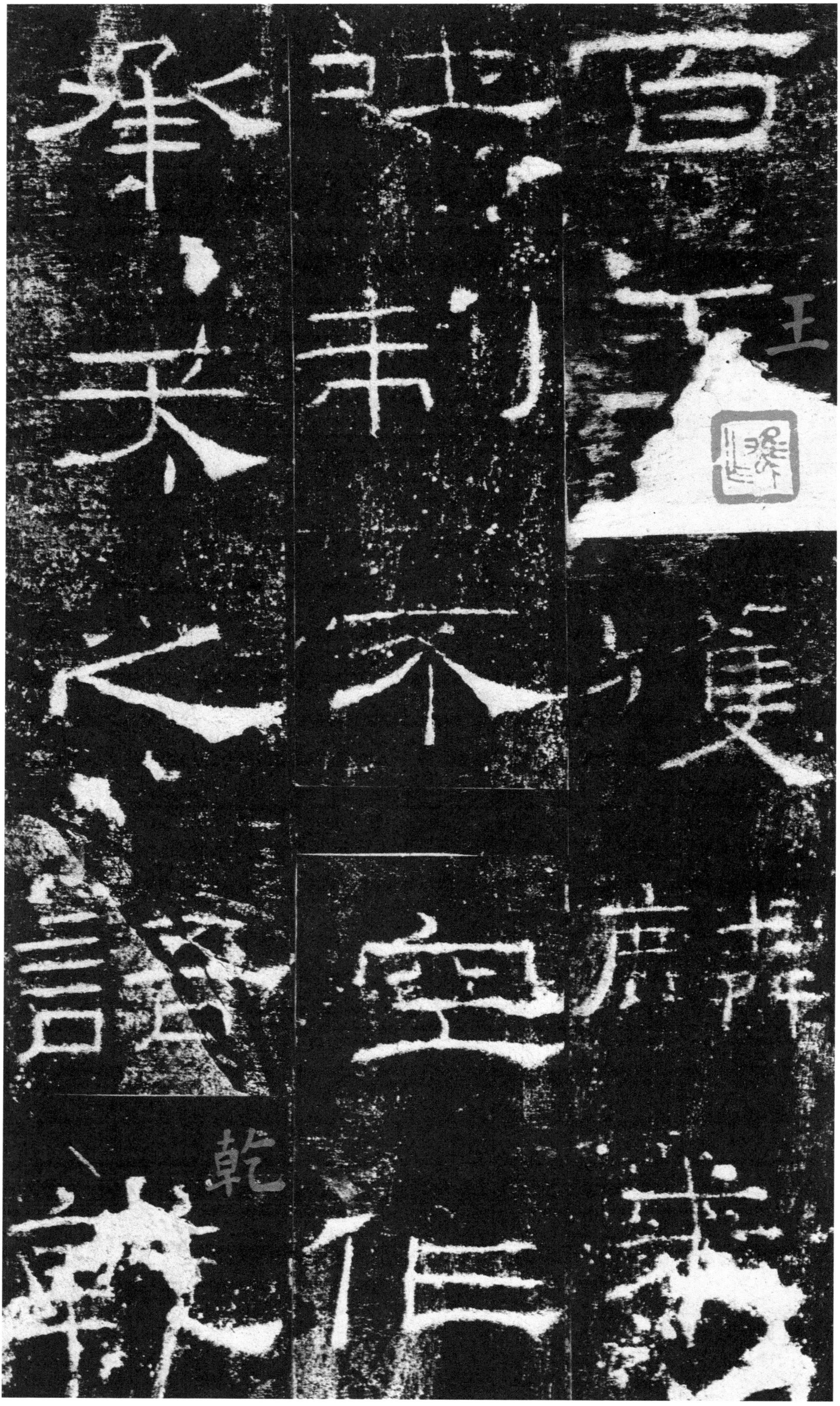

百王获麟来／吐制不空作／承天之语乾

百王獲麟來
吐制不空作
承天之語乾

元以来三九／之载八皇三／代至孔乃备

元以来三九之載八皇三代至孔乃備

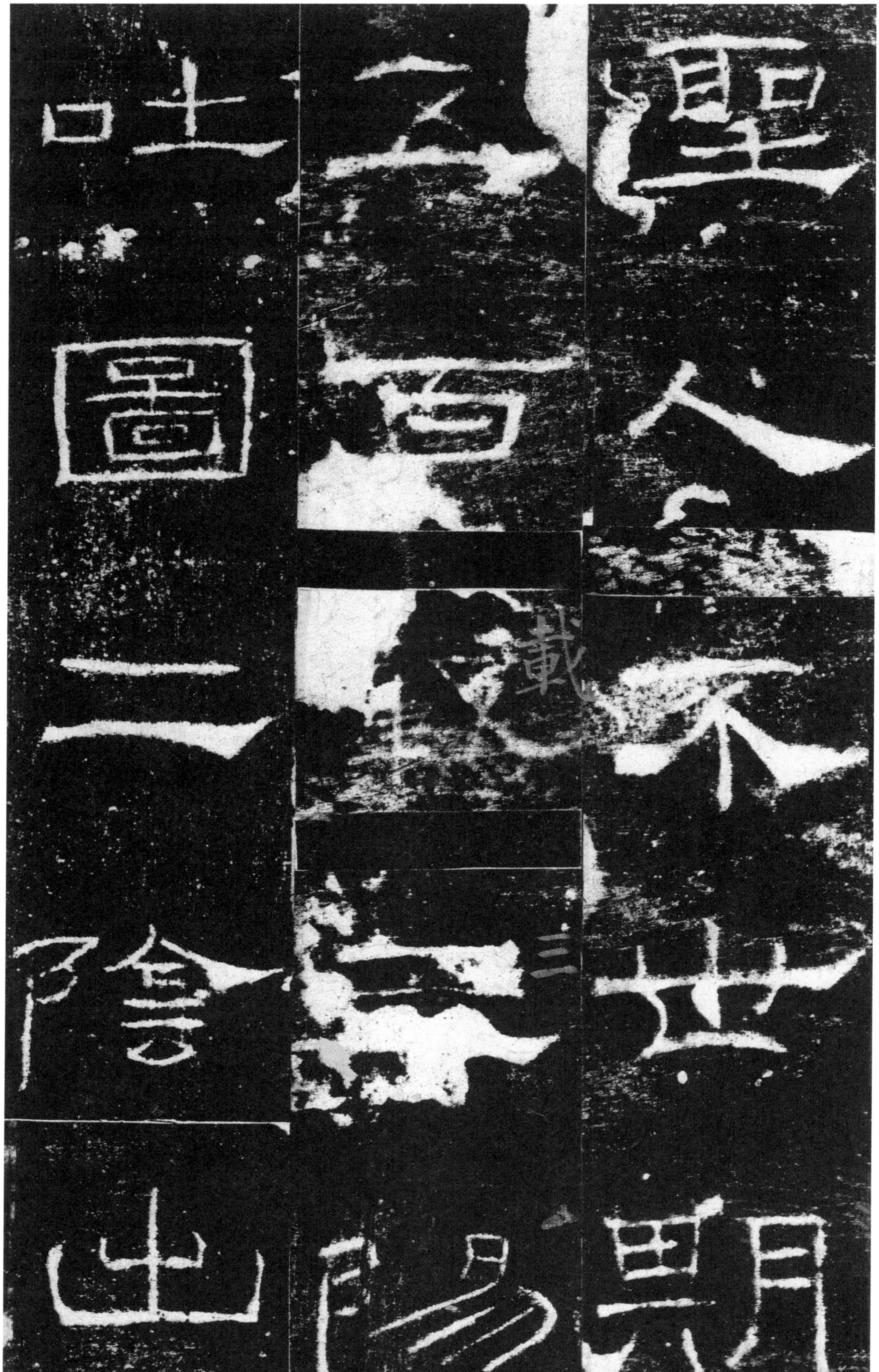

圣人不世期／五百载三阳／吐图二阴出

聖人不世期
五百載三陽
叶圖二陰出

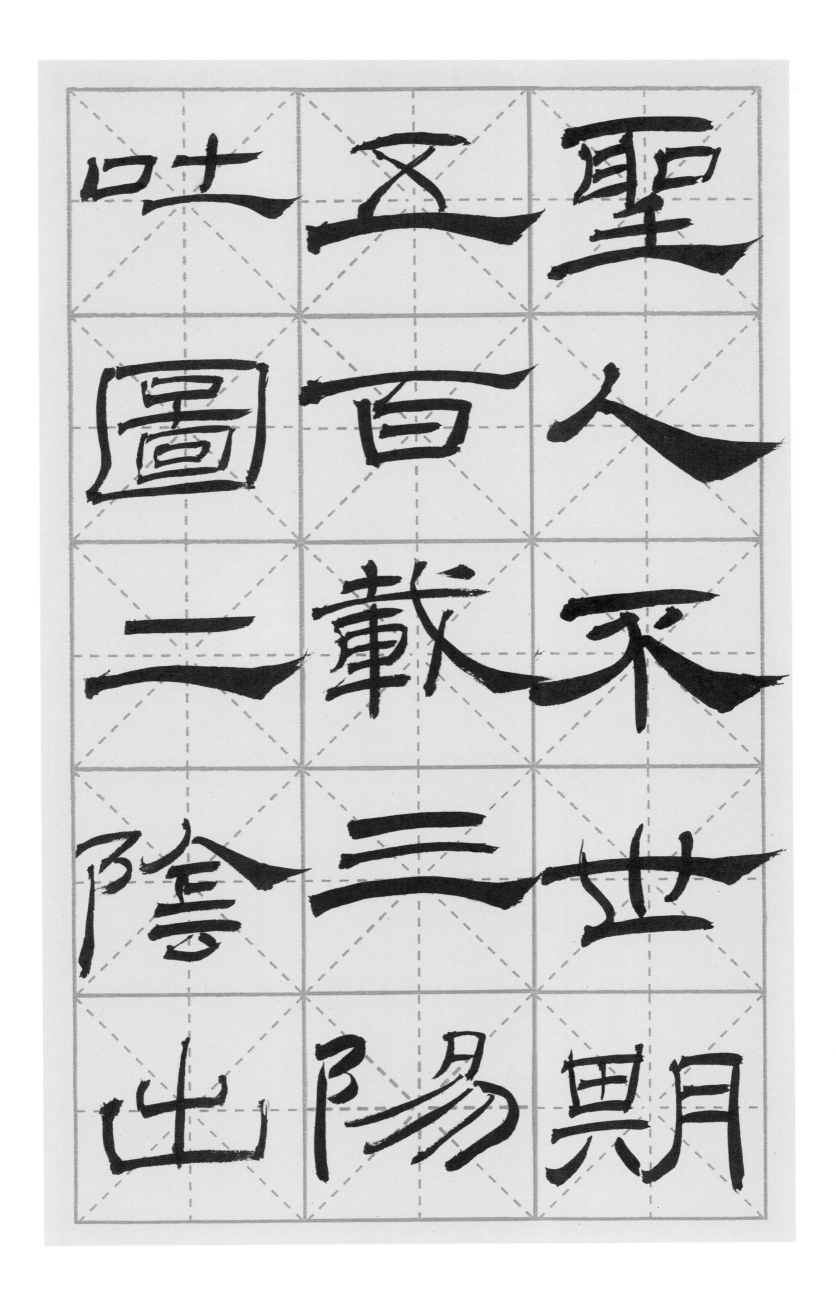

讖制作之义一以俟知奥於一穆韩君独见

識制任之義
以侯知奧於
穆韓君獨見

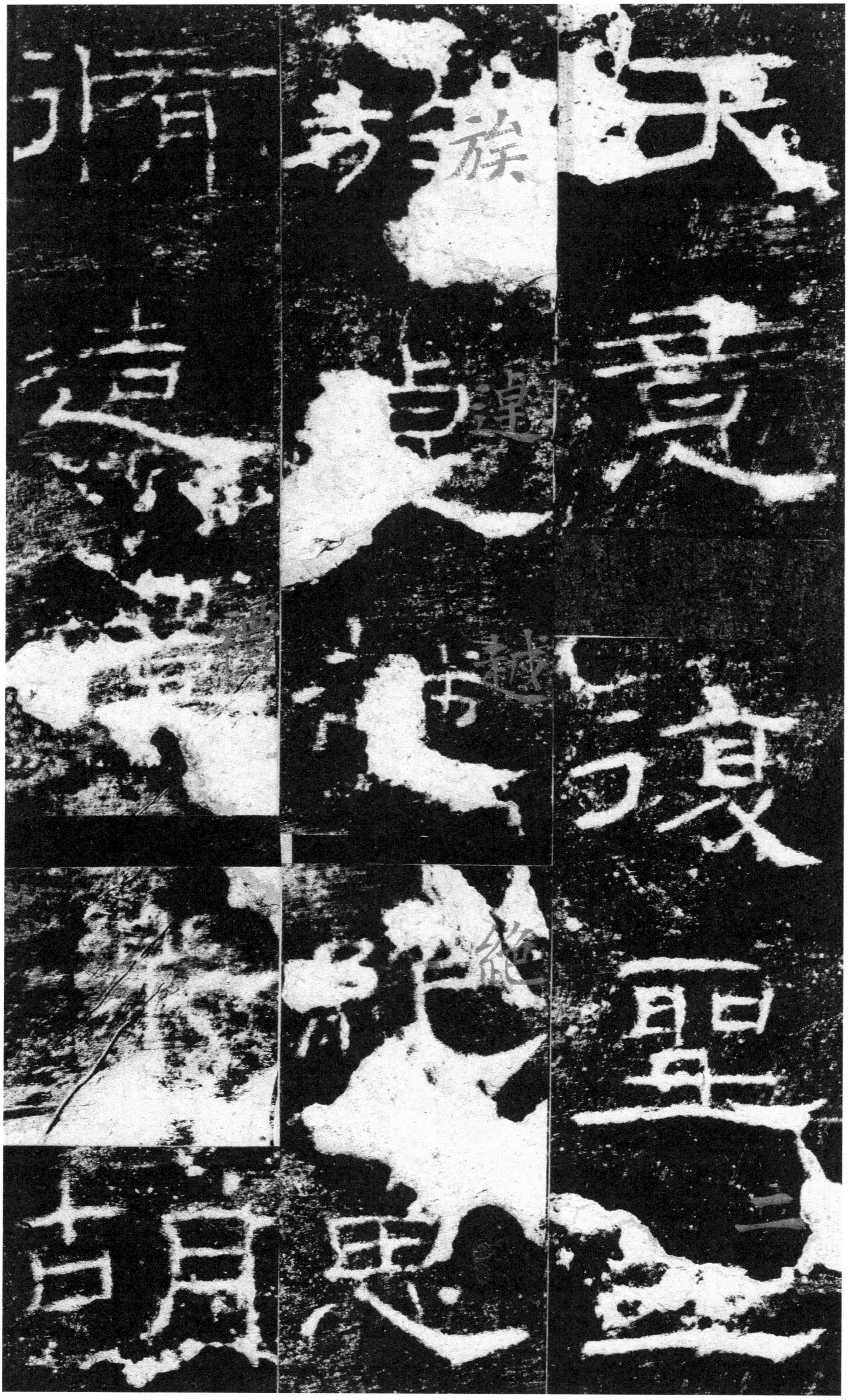

天意复圣二一族違越绝思一修造礼乐胡

天意復聖二
族違越絕思
循達禮樂胡

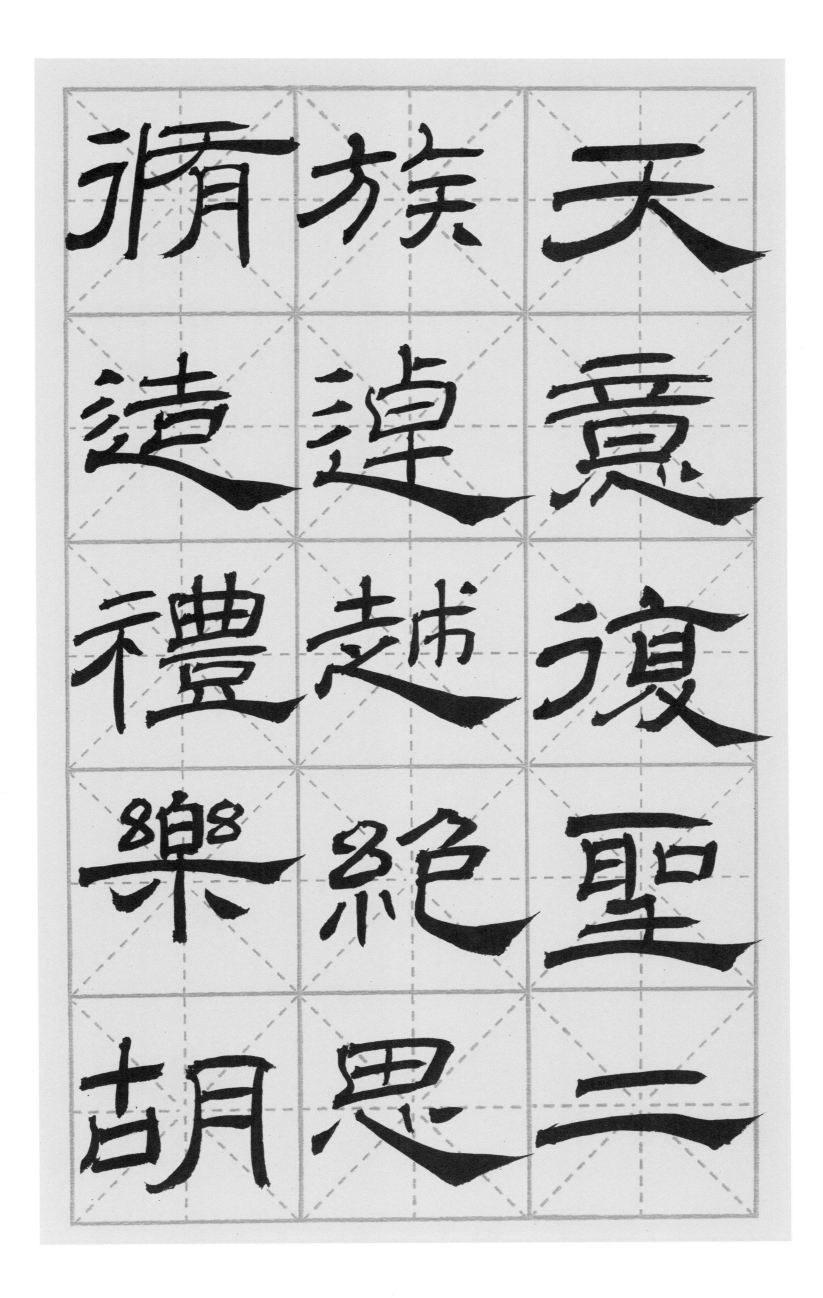

辇器用存古／旧宇殷勤宅／庙朝车威熹

華器用字古
舊宇殿懃宅
廟朝車威熹

出诚造更漆一不水解工不一争贾深除玄

出誠造吏涑
不水解一不
异貫深除宮

污水通四注／礼器升堂天／雨降澍百姓

汙水通四注
禮器升堂天
雨降澍百姓

䜣和举国蒙／庆神灵祐诚／竭敬之报天

訢和舉國蒙
慶神靈祐誠
竭敬之報天

与厥福永享／年寿上极华／紫旁伎皇代

與鄉福永享
牟壽上極華
紫旁伎皇代

刊石表铭与／乾运耀长期／荡荡于盛复

刊石表銘與
乾運燿長期
蕩蕩於盛復

授赫赫罔穷／声垂亿载／韩明府名敕

授赫赫罔窮
聲垂億載
韓明府名勑

字叔节故一涿郡大守鲁一麃次公五千

字叔節

故涿郡大守魯麃次公五千

故从事鲁张／嵩眇高五百／颍川长社王

故從事魯張
嵩眇高五百
潁川長社王

玄君真二百／故会稽大守／鲁傅世起千

玄君真二百
故會稽大守
魯傳世起千

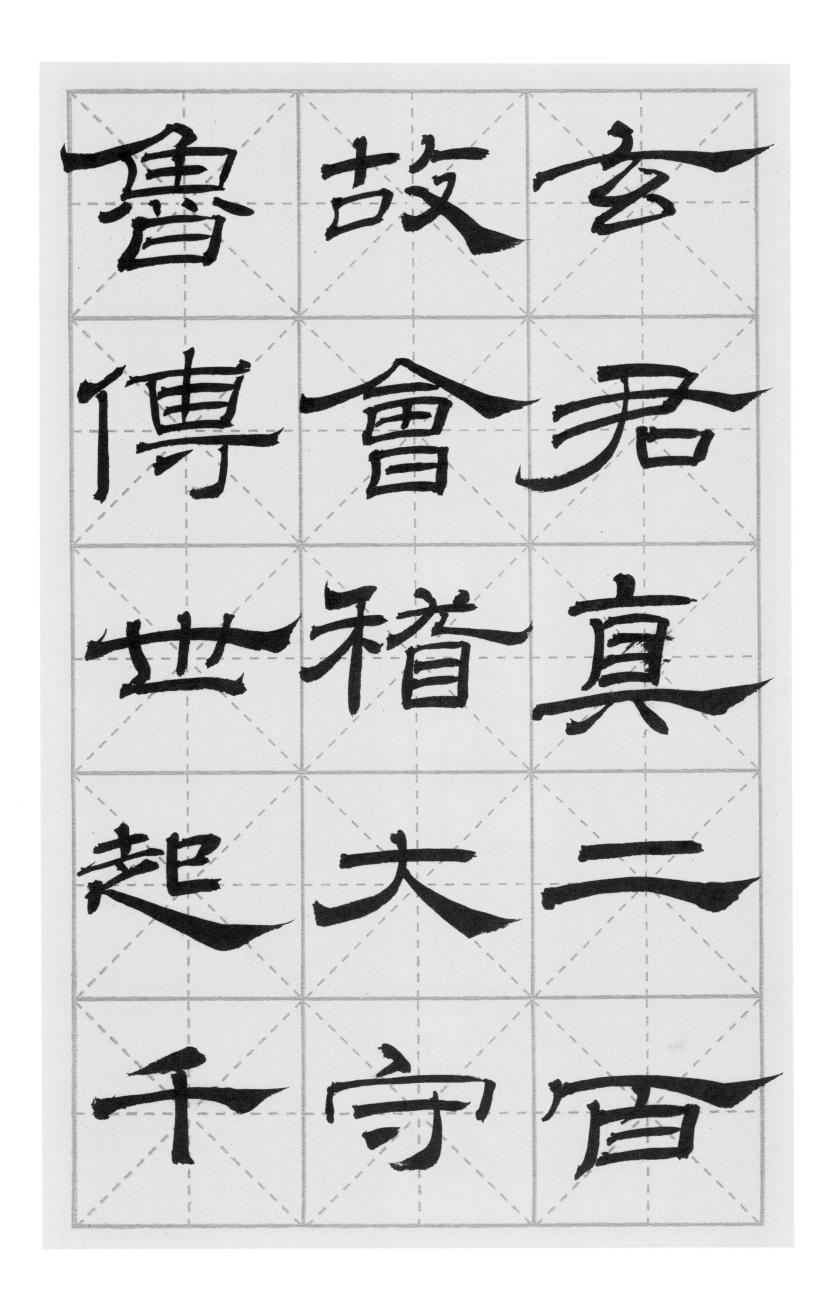

相主簿鲁薛｜陶元方三百｜河东大阳西

相主薄魯薛
陶元方三百
河東大陽西

门俭元节二一百故乐安相一鲁麃季公千

門儉元節一
百故樂安相
魯庶季公千

相史魯周乾　伯德三百

相史會周乾

伯德三百

歲次己亥二月志飛於婺州

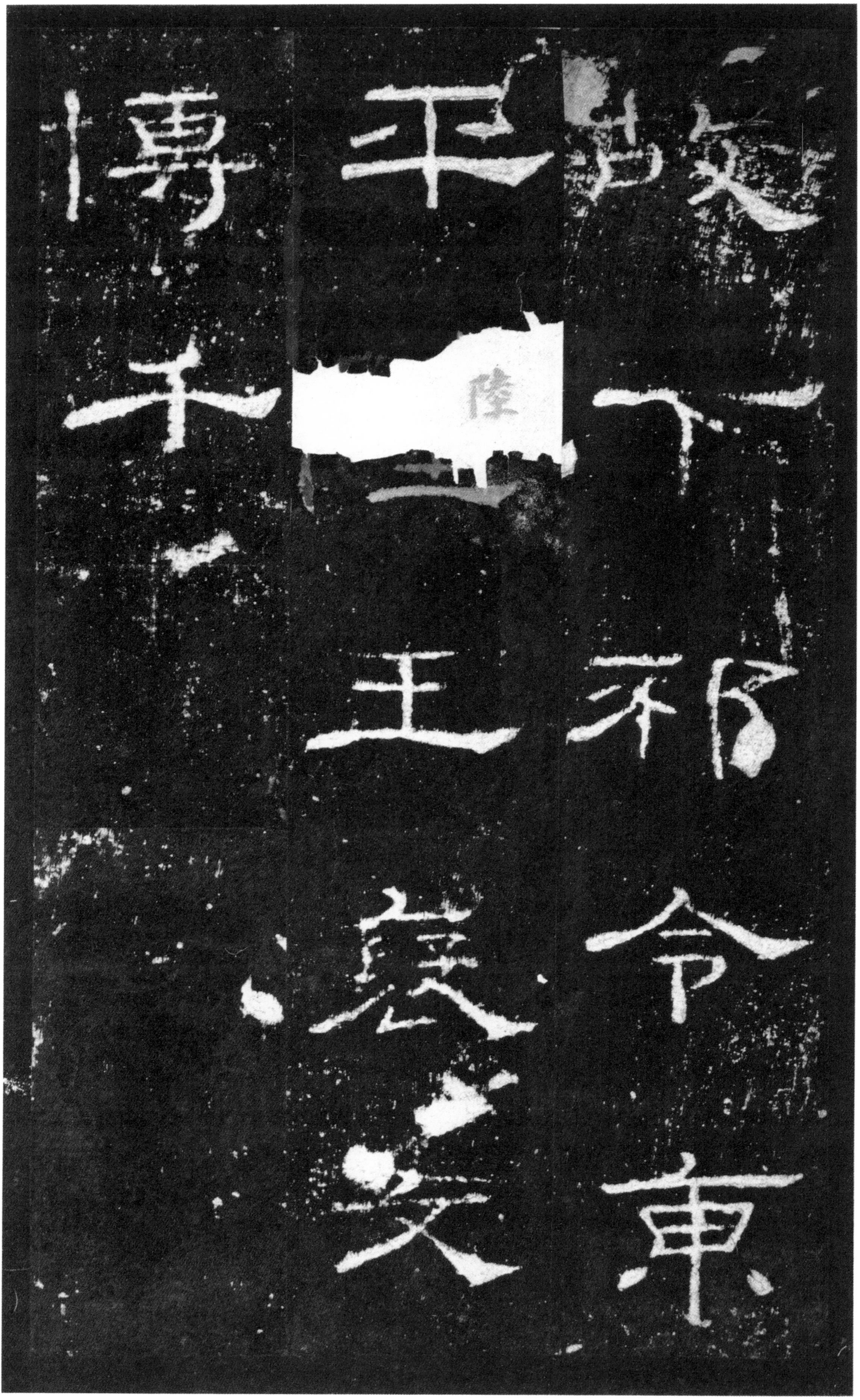

故下邳令东一平陆王褒文一博千

故下邳令東
平陸王襃文
博千

二百／故薛令河內温朱熊伯珍／五百

二百

故薛令河內溫朱熊伯珍

五百

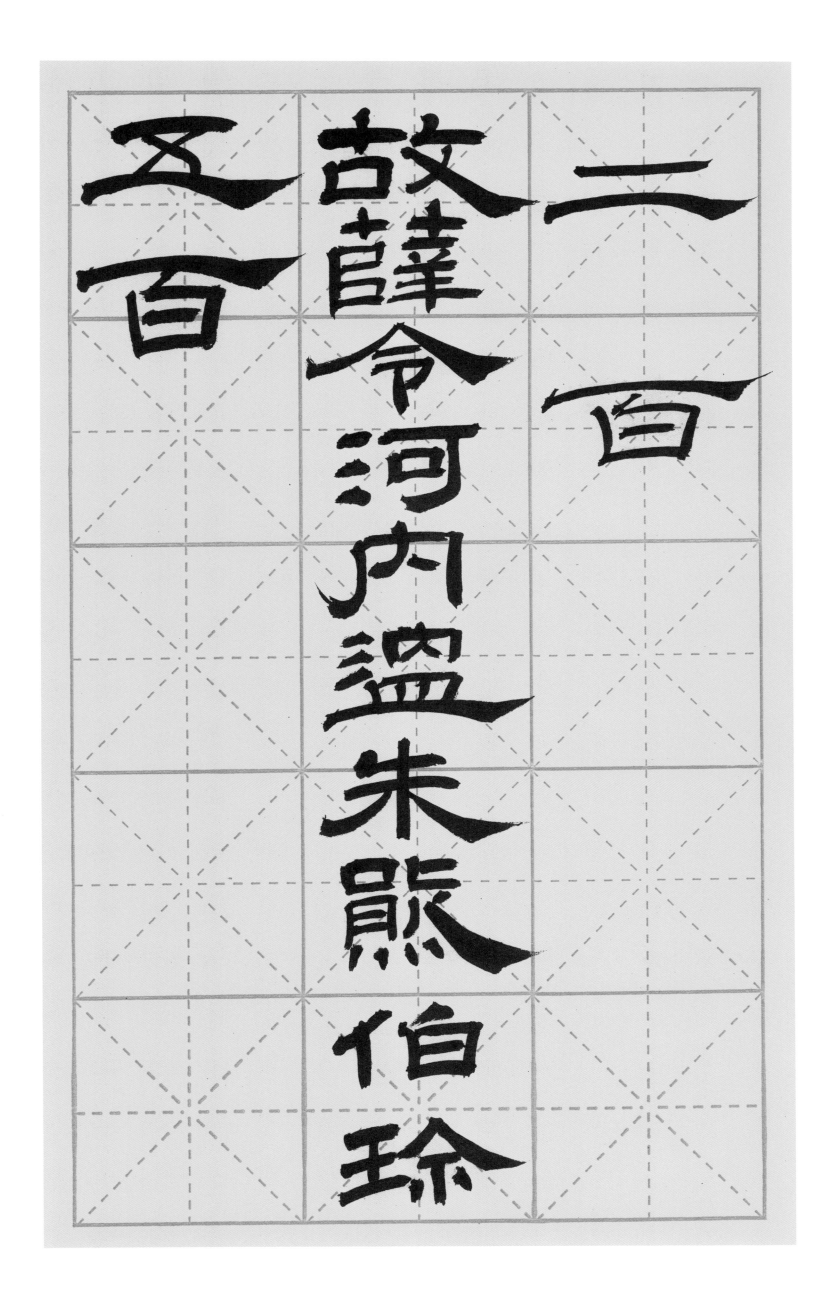

处士鲁孔方／广率千／鲁孔巡伯男

處士魯孔方
廣率千
魯孔巡伯男

守庙百石鲁／孔恢圣文千／褒成侯鲁孔

守廟百石魯
孔恢聖文千
褒成侯魯孔

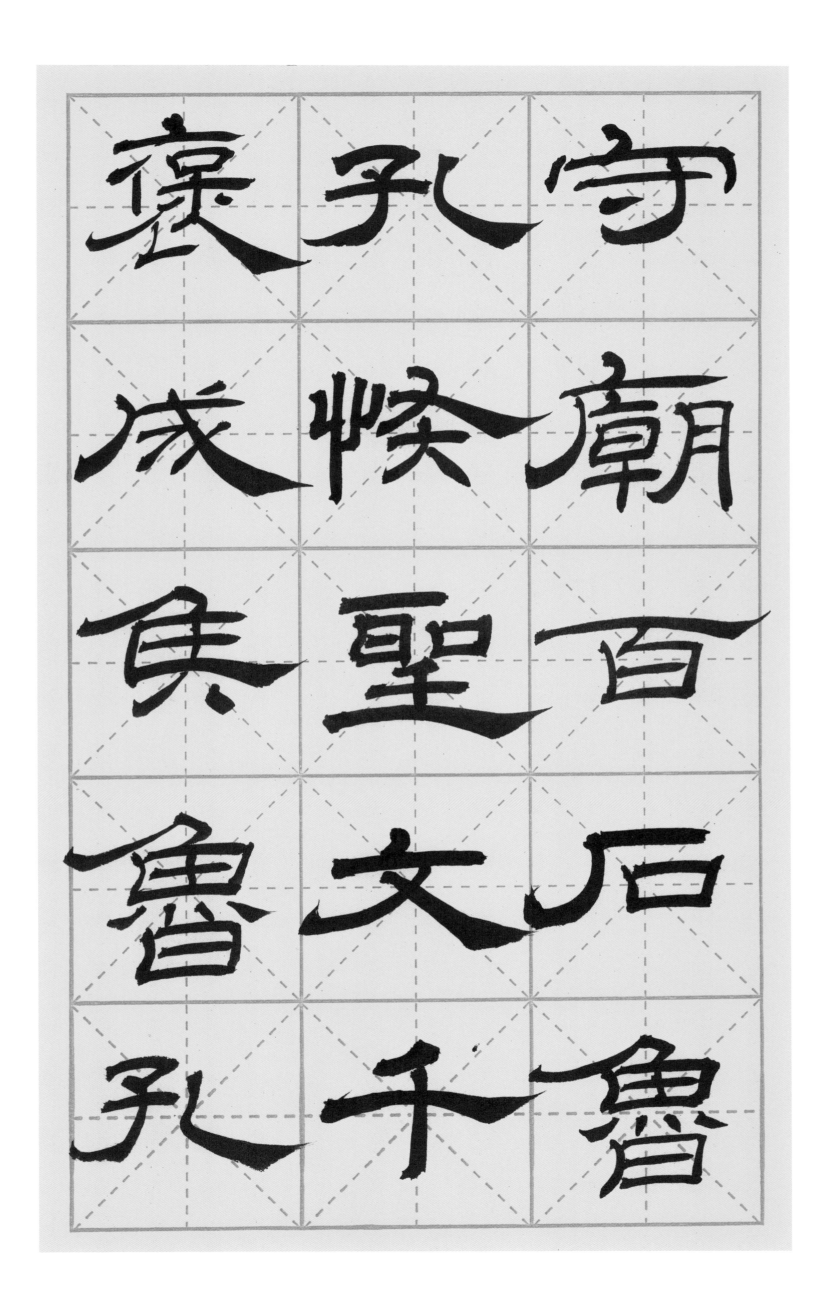

时令汉中南郑一赵宣字子雅

時令漢中南鄭
趙宣字子雅

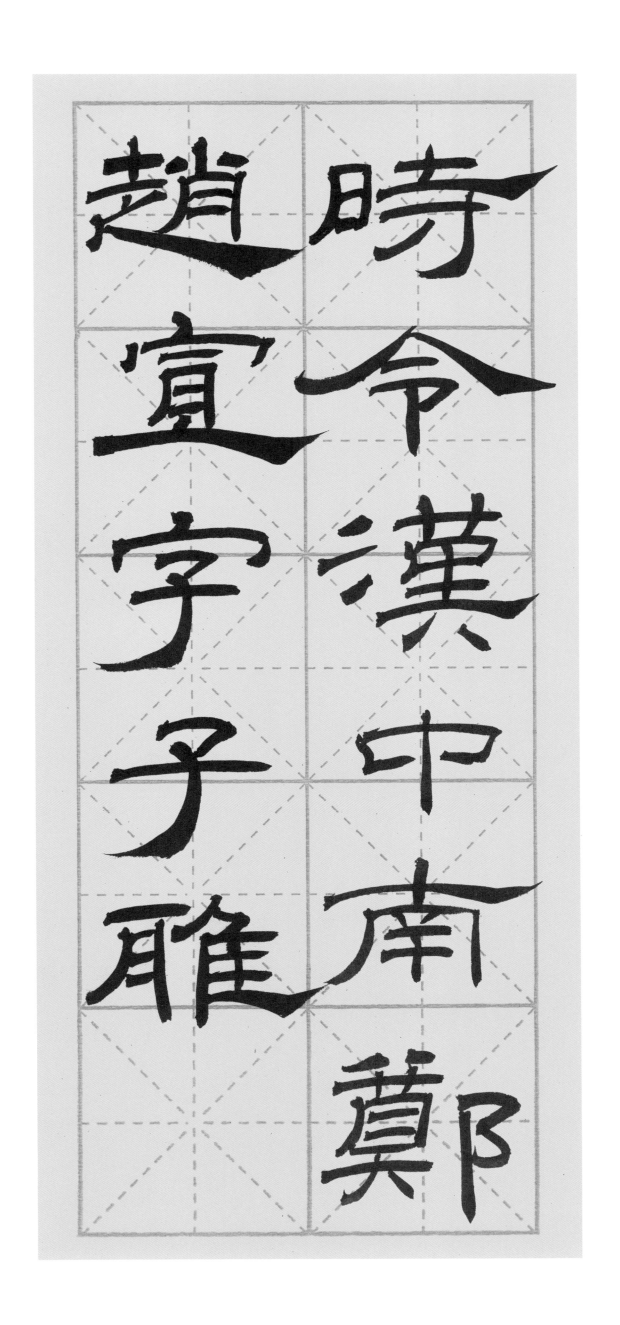

掾鲁巢寿文后一三百河南偃师

掾魯巢壽文石

三百河南匽師

惟永壽
青龍在

圖書倍

德離敗

符鐘磬
雷洗觴

深活奮
備而不

尊琦大
意達發

神靈祐

敬之報

故
曾
郡
煇
景
高

王猇子二百

淳于陵季

图书在版编目（CIP）数据

翁志飞实临解析礼器碑 / 翁志飞编著. -- 杭州 :
浙江人民美术出版社, 2020.3
ISBN 978-7-5340-7937-5

Ⅰ. ①翁… Ⅱ. ①翁… Ⅲ. ①隶书—法帖—中国—现
代 Ⅳ. ①J292.28

中国版本图书馆CIP数据核字（2020）第004791号

责任编辑：杨　晶
文字编辑：洛雅潇
责任校对：余雅汝
责任印制：陈柏荣

翁志飞实临解析礼器碑
翁志飞　编著

出版发行：浙江人民美术出版社
地　　址：杭州市体育场路347号（邮编：310006）
网　　址：http://mss.zjcb.com
经　　销：全国各地新华书店
制　　版：浙江新华图文制作有限公司
印　　刷：浙江海虹彩色印务有限公司
版　　次：2020年3月第1版
印　　次：2020年3月第1次印刷
开　　本：787mm × 1092mm　1/8
印　　张：15
书　　号：ISBN 978-7-5340-7937-5
定　　价：108.00元